KB166490

멈춰서서

뒤돌아보니

우리는 어디서 왔는가? 우리는 누구인가? 우리는 어디로 가는가?

멈춰서서 뒤돌아보니

이일장 지음

작가교실

■글머리에

우리는 어디서 왔는가?
우리는 누구인가?
우리는 어디로 가는가?
-폴 고갱

지구의 한 모퉁이에서 숨을 쉬고 살아가고 있는 나를 누군가는 우주가 만든 최고의 걸작이라고 한다. 이것은 내가 우쭐대고 하는 말이 아니라 세상에 태어난 모든 사람들이 그렇다는 이야기다. 2011년 샌프란시스코에서 열린 테드TED 강연에서 멜 로빈스Mel Robbins라는 작가가 이런 말을 했다.

"우리가 우리 자신으로 존재할 확률은 400조분의 1이다. 이건 400 뒤에 0이 12개 붙어 있는 숫자다. 이것은 곧 이 우주에서 우리 부모님이 만날 확률이고, 우리가 마침 그 순간에 잉태되어 세상에 태어날 확률이며, '나'라는 한 개인을 이루는 모든 일어날 성싶지 않은 요소들이 조합되는 확률이다. 이 미친 확률이 말하고자 하는 건……"

그 존재가 바로 '나'다. '어떻게 태어난 인생인데'라는 말이 있듯이 나는 얼마나 대단한 존재인가?

우주에 태양이 있기 전 이름 없는 초신성supernova의 폭발로 인류가 탄생되었다고 한다. 초신성은 항성이 진화 마지막 단계에서 폭발하여 일시적으로 매우 밝게 빛나는 별인데 신성nova보다 에너지가 큰 별의 폭발을 의미한다.

천문학자들은 초신성 폭발의 충격파로 성간물질이 응축하면서 별의 생성이 시작되었다고 보고 있다. 초신성이 폭발했을 때 형성된 많은 중금속들로 지구가 만들어지고 지구상에 생명에 출현했다고 한다. 초신성의 폭발이라는 사건이 있었기에 우리의 태양계와 지구는 물론 생명체도 태어날 수 있었던 것이다.

초신성은 자신의 보물인 산소, 질소, 마그네슘, 황산, 구리, 철 등을 우주에 토해내서 태양계에 우주의 생명력을 불어넣었고 마침내 인류가 탄생되었다.

우리 몸의 대부분은 물의 원료인 수소로 이루어져 있는데 이름 없는 초신성의 빅뱅 핵 합성을 통해 만들어졌기 때문에 인류는 '초신성의 후예'라고도 불린다. 그래서인지 모르지만 나는 착각하며 살았던 어린 시절이 있었다. 기도할 때 매일 하나님께 빌었다. 나는 다른 사람을 위해서 살게 해 달라고 간곡하게 기도했다. 좀 더 나이가 들고 세상살이의 지혜를 얻게 되자 세상 사람을 위해 큰일을 하기에는 나의 능력이 턱없이 부족하다는 것을 알게 되었다.

이 자전적 회고록을 쓰는 이유는 지나간 나의 삶을 정리하고자 함에서다. 나름대로 사회에서 다양한 경험을 기록으로 남김으로써 나의 보잘것없는 역사를 남겨놓고 싶은 욕심이며 자만에 대한 반성문이다.

내가 태어난 이유가 있지 않을까? 무엇이든 조금이라도 더 나은 세상을 만들어 놓고 돌아가라는 소명이 있지 않을까 생각했다. 나이가 어렸을 때는 세상을 위해 큰일을 할 수 있으리라는 꿈을 가졌다. 불가능한 일이라는 걸 알기에는 부족했지만 1%의 노력이라도 역사에 남기려면 노력해야 한다는 것은 당연한 귀결이었다.

농촌에서 태어난 나는 부모님의 뜻에 따라 농부가 되어야 할 운명이었다. 왜 그랬는지는 모르겠으나 가난한 농부가 되기 싫었다. 어린 나이에 상급 학교에 진학하여 지식을 쌓으면 가난을 피할 수 있다는 생각을 어떻게 할 수 있었을까? 그 무슨 확신이 있었던 걸까?

소설 『큰 바위 얼굴』의 교훈처럼 삶에서 희망을 찾도록 노력해도 가난에서 영원히 탈출하기 어려울지도 모른다. 부정적인 생각을 배움이라는 노력으로 바꿀 수 있다는 긍정적인 생각이 나를 이끌었다.

내가 다니던 고등학교의 교훈이 '손과 머리로 무無에서 유有로'였다. 이 교훈은 어려움에 처할 때마다 강인한 정신력으로 나를 이끌어 주었다. 'God first, Others second, Myself last.'는 리더의 솔선수범과 다른 사람을 배려하는 행동규범이 되어 사회생활에서 성공으로 가기 위한 모태가 되었다.

우리는 누구나 성공하기를 바란다

성공이란 무엇일까? 한마디로 정리하기 어렵다. 세상 사람들은 돈을 많이 모은 사람, 높은 지위에 올라간 사람 등으로 말한다. 그러나 성공했다고 해서 모든 문제들부터 해방이 된 것은 아니다. 성공하면 그에 따른 많은 책임과 의무를 져야 한다.

자신이 해야 할 일을 알고 집중하면서 하나씩 문제를 해결하는 사람들이 성공한 사람이지 않을까. 성공했다고 해서 문제점, 갈등, 시련, 두려움, 장애물이 모두 해결되거나 없어진 상태가 아니다. 그것들은 언제나 그 자리에 있다. 성공한 사람들은 그것들에 대해 개의치 않는다는 것이다. 즉 행복한 삶의 상태가 진정한 성공이라 나는 믿는다.

행복한 삶을 사는 것이 곧 성공이라는 얘기다. 출세와 부가 사람을 성공하게 한 것처럼 보이나 행복하지 않을 수도 있다. 희망, 용서, 배려, 애국, 헌신 등 행복감을 결정하는 요소가 성공과 결부될 때 주는 좋은 느낌을 삶에서 경험할 때 행복해진다는 이론이 행복의 참뜻인 것 같다.

나는 그렇게 살기 위해 노력한 과정들을 이 자전적 에세이에 썼다. 나는 랄프 월도 에머슨Ralph Waldo Emerson의 〈성공〉이라는 다음과 같은 시를 무척 좋아한다.

"자주 그리고 많이 웃는 것. 현명한 이들에게 존경을 받고 해맑은 아이들에게 사랑을 받는 것. 정직한 비평가에게 찬사의 말을 듣고 거짓된 친구의 배반도 참아낼 줄 아는 것. 아름다움을 느낄 줄 알며 다른 사람에게서 최선의 모습을 발견하는 것…. 당신이 한때 그곳에 살았다는 것으로써 단 한 사람의 인생이라도 행복할 수 있었다면 이것이 진정한 인생의 성공이다."

나이 70이 넘도록 나와 동고동락한 아내 김숙희와 나의 혈육인 동생들 준자, 준홍, 준식, 준길, 안자에게 이 책을 바친다. 손주 규민과 정민이를 잘 키우고 있는 아들 신호와 며느리 이혜은, 자기 일을 열심히 잘하고 있는 딸 화영에게 고마움을 전한다.

수년 동안 책을 쓰라고 없는 용기를 북돋아 준 친구 가재산 디지털책쓰기코칭협회 회장과 자서전의 틀을 잡아주고 거친 문장을 매끄럽게 다듬어 준 이채윤 작가에게 깊은 감사를 드린다. 남은 생을 더 보람되게 살기 위해 또 노력하려 한다.

2022년 5월

| 차례 |

Chapter I

Chapter 2

Chapter 3

Chapter 4

Chapter 5

Chapter 1

▲돌산도 전경

01

내가 태어나고 자란 곳, 돌산도

용감한 자에게는
모든 땅이 그의 고향이다.
-그리스 속담

나는 6.25 전쟁이 한창이던 1950년 8월, 반도의 끝자락 여수에서 6남매 중 장남으로 태어났다. 내가 자라난 곳은 남쪽 끝인 탓에 전쟁의 상흔은 거의 없었으나, 천형天刑처럼 가난을 짊어지고 살았던 농어촌마을이었다. 우리 집은 논 600평, 밭 1,300평 정도여서 간신히 먹고 사는 빈농이었다.

게다가 내가 태어난 곳은 여수에서도 480m나 떨어져 있는 돌산도突山島이다. 지금은 돌산대교, 거북선대교라는 멋진 연륙교가 연결되어 있고 유명한 관광지가 되었지만, 그 옛날에는 나룻배를 타지 않고는 오갈 수 없는 외딴섬이었다. 내가 태어난 돌산읍 평사리는 여수로 가는 우두리 나루터에서 12km나 떨어진 먼 곳이다.

평사마을은 북서쪽으로 바다가 펼쳐져 있고 남쪽으로는 모장

마을, 동쪽으로는 도실마을과 접해 있고, 삼면이 산과 언덕으로 둘러싸여 있다. 평사라는 마을의 뜻은 마을 앞 해변에 아름다운 모래가 길게 펼쳐져서 '평사平沙'라 이름하였다 한다. 중국의 소상팔경瀟湘八景 중 하나인 평사낙안平沙落雁과 같은 절경이 펼쳐져 있어서 여수의 십경十境으로도 널리 알려졌다.

평사낙안은 '모래사장에 내려앉는 기러기'라는 뜻인데, 그래서 그런지 실제로 평사리는 고니 도래지로 유명하다. 천연기념물 제201호로 지정 보호하고 있는 희귀종 철새인 고니는 흔히 '백조白鳥'라고도 불리는 온몸이 순백색인 겨울 철새이다.

고니는 매년 입동 무렵에 평사리에 찾아와 겨울나기를 한 다음 이듬해 2월 말에서 3월 초순쯤 다시 추운 북쪽 지방으로 떠나간다. 하얀 고니 떼가 물 위에서 자맥질하고 무리를 지어 날아오르는 모습은 그야말로 장관이다.

나는 그 평사마을에서 나고 자랐으며 초등학교를 다니고 교회를 다녔다. 평사마을 길에 들어서면 아담한 평사교회가 지금도 있고, 그 교회 앞집이 우리 집이다. 내가 다니던 초등학교는 길 건너편에 있는데 안타깝게도 지금은 폐교가 되어 문이 굳게 닫혀 있다.

돌산도는 반도의 끝자락에 떨어져 있는 섬이지만 우리나라에서 10번째로 큰 섬이다. 돌산도는 한자로 突山島라고 쓴다. 돌산突山이라는 이름은 큰대大 자, 뫼산山 자, 여덟팔八 자가 있어서 붙여진 이름이라고 한다. 돌突 자는 굴 안에서 갑자기 개가 튀어나오는 형상으로 '별안간', '갑자기'란 뜻을 갖는다고 하는데 바다 입장에서 보면 파도가 치는데 돌산도가 갑자기 산처럼 나타난 느낌이리라. 돌산도에는 최고봉인 봉황산460m과 천왕산385m·대미산359m·소미산208m·금오산323m·천마산271m·봉수산402m·수죽산381m 등의 8대 산이 있는데, 산山·팔八·대大를 합하여 돌산도라 칭하게 되었다고 한다.

돌산도의 땅이름 유래를 살펴보면 돌산 최초의 군지인 『여산지』에서 섬 가운데 이름난 팔대 명산이 있어 그 산을 식산이라고 하였고, '섬 가운데 돌 많은 산이 많아서 돌산이라 칭한다'고 기록되어 있다. 그래서 그런지 돌산도는 유난히 돌이 많다.

지도를 보면 여수시에 가까운 북쪽이 소머리 같이 생겨서 '우두리'라고 부르는 동네가 있다. 섬 중앙쯤에 상당히 넓은 뜰이 있는 '둔전리'가 있는데 아마도 군량미를 충당하기 위해 설치한 동네로 생각된다.

돌산 바다의 특징은 동쪽은 깊고 서쪽은 우리나라 서해 바다와 같이 수심이 얕다. 남쪽 바다는 제주도와 같이 푸르고 맑다. 공장이 없으니 청정지역이다. 특산물은 '돌산갓김치'다. 돌산 땅은 갓김치가 자라기 적당한 토양일까? 동네 아무 곳에서나 잘 자란다. 거름을 전혀 주지 않아도 마구마구 자란다. 너무 마구 자라서 어렸을 때는 잡초인 줄 알았다.

나의 이름은 이일장李日長이다.

1950년생, 호랑이띠다. 경주이씨 평리공파 43대손으로 항렬은 칠 준濬으로 본래 이름은 이준봉李濬奉이었다. 이름의 뜻은 딱히 알 수 없지만 "하루라도 오래 살아라"라는 의미가 있었다 한다. 내가 태어난 50년대는 영아 사망률이 매우 높을 때였다. 내 앞에 아들이 태어났는데 그 형은 내가 태어나기 전 사망했다. 조부님도 부친도 독자였다.

준봉이란 이름은 혹시 내가 죽을지도 몰라 용한 스님을 찾아가 지은 이름이다. 그 이름에는 부모님의 바람이 들어 있다. 부귀영화를 누렸으면 하는 희망과 기대가 있어 어린아이가 태어나면 작명소에 찾아가 큰 돈을 들여 이름을 짓는 경우가 많다.

그렇게 지은 이름인데 지금 내 이름은 이일장이다. 내 앞에 태어난 형이 일찍 죽은 탓에 어르신들은 '준봉'은 마뜩잖아서 나를 하루라도 더 살라고 그렇게 이름을 바꾼 것이었다. 이 이름 때문에 나는 자라나면서 재미있는 일화가 많다. 친구들은 "네 동생은 이장이냐 삼장은 없고…" 하면서 놀려대곤 했다.

가장 허망한 별명이 있다. 일장춘몽一場春夢이다. 하지만 나는 이름의 의미를 나름대로 해석해서 어르신들이 내 이름을 바꾼 이유를 세상에 살면서 1번 아니면 2번째 짱이 되라는 뜻으로 알고 노력해왔다.

내가 다니던 직장에 이일풍 씨가 있었다. 나는 기껏해야 세끝인데 이분은 이름에 들어있는 숫자를 더하면 갑오였다. 만날 때마다 자기가 형님이라고 우겼다. 어느 해에 나는 이일장 이사로 진급해서 복수했다.

살아보니 이름을 바꿔서라도 부귀영화를 누리기를 빌었던 부모님의 간절함도 모두 부질없는 것 같다.

02

장남 콤플렉스

나는 가난하게 태어났다.
그래서 즐기기 전에 먼저 고생하는 것을 배웠다.
- 마키아벨리

장남으로 태어난 나는 모자란 일손을 보태야 하는 일꾼이 될 수밖에 없었다. 그래서 나는 고민 없이 자라나야 할 유년 시절에도 산다는 것의 어려움을 느끼며 생존이라는 단어를 가슴에 품고 살았다. '장남 콤플렉스'라는 게 있다. '한 번도 가족에게 어려운 사정을 이야기해 본 적이 없다'거나 '나를 믿고 의지하는 가족의 기대를 꺾는 것이 두렵다'는 사람들이 주로 장남들이다.

가부장제적 사회에서는 장남에 대한 특별한 관심은 한없는 신뢰와 기대로 나타나기도 하고 때로는 무겁고 힘겨운 부담이 되기도 한다. 나는 열 살도 되기 전부터 힘겨운 장남 노릇을 하며 장남의 무거운 짐을 지고 괴로움을 운명처럼 알고 살았다.

어머니가 새벽같이 재촉하셨다. 나는 눈을 비비고 일어나서 소를 몰고 산으로 들로 풀을 뜯으러 다녔다. 이슬이 맺혀있는 산을 오르내리며 풀에 쓸려서 정강이에 상처가 항상 나 있었다. 그 상처는 오랫동안 흉터로 남아있기도 했다.

학교에 갔다 오면 책 보따리는 던져두고 소꼴을 베어 와야 했다. 그런데 그 무엇보다 어린 나이에 심성을 살찌운 것은 순한 눈망울로 바라보던 소였다. 나는 소의 그 투명하고 단순한 눈빛을 보면서 어린 나이에도 불구하고 왠지 모를 야릇한 부끄러움을 느꼈던 것도 같다. 소는 빈농貧農인 우리 집을 먹여 살리는 구세주나 다름없었다. 소와 함께 지내는 시간이 많았던 탓에 어린 나는 자연스럽게 소의 우직한 심성을 닮았는지 모른다.

나는 어린 나이에 훌쟁이쟁기로 밭갈이를 예사로 하기도 했다. 논을 가는 쟁기질은 힘이 많이 든다. 나는 어려서 쟁기질이 너무 힘에 부쳤으나 그 일을 해내야 했다. 아버지는 지게까지 맞추어 주셔서 시간 날 때마다 산에 가서 나무를 해 와야 했다. 여름에는 풀을 베다 말려 밥 짓는 나무로 사용했고, 겨울에는 소나무 밑에 쌓인 가래를 채취하여 연료로 사용했다.

내 어렸을 때는 산기슭에 우거진 갈대밭, 강아지풀, 질경이, 민들레, 망초가 즐비했고 위로 올라가면 소나무, 떡갈나무, 단풍나무, 칡덩굴 같은 것들이 뒤엉킨 산이었다. 낮은 산에 가도 나무도 있고 가래도 있었으나 내 나이 10살 무렵에는 점점 높은 산에 올라가야 할 정도로 산이 헐벗고 있었다.

급기야 온 산이 나무 한 그루 없는 민둥산으로 변해 산꼭대기까지 올라가야 나무와 꼴을 채취할 수 있었다. 철없던 시절이었으나 풀포기 하나 없는, 믿을 수 없도록 황폐한 풍경에 나는 가난한

민족의 설움을 느꼈던 듯하다. 요즘 북한의 민둥산 이야기를 들으면 그때가 생각난다.

우리나라가 산업화를 이룩해서 잘살게 된 데는 산림녹화의 공이 크다고 한다. 사실 1950년대 초반 한국의 산림은 최악이었다. 가정용 연료의 목재 비중이 80%에 달해서 국내 산림의 대부분이 아궁이 속 땔감으로 사라졌다. 당시 UN 보고서에서는 한국의 산림이 복구될 수 없다고 진단할 정도였다.

우리나라가 울창한 산림녹화에 성공할 수 있었던 것은 박정희 대통령의 공이 크다. 1964년 독일을 방문한 박정희 대통령은 독일의 울창한 산림을 보고 충격을 받았다. 귀국한 박 대통령은 산림 관계자들에게 "산이 푸르게 변할 때까지는 유럽에 안 가겠다"고 선언하고 대대적인 산림녹화 사업을 진행시켰다. 식목일마다 대통령이 직접 나서서 나무를 심었고, 화전火田을 정리하고 석탄 사용을 대중화하여 목재 사용을 줄여나갔다.

세간에는 박정희 대통령의 공과功過에 대한 의견이 분분하지만, 우리나라가 짙푸른 산야를 갖게 된 데는 그의 공이 아닐 수 없다. 전 세계적으로 볼 때 국토 전체가 헐벗었다가 성공적으로 복원된 처음이자 거의 유일한 사례라 한다.

2017년 기준으로 한국의 산지 1㏊당 나무 총량은 154.1㎥로 320.8㎥인 독일이나 352㎥인 스위스에는 못 미치지만 131.2㎥인 미국은 앞질렀다. 얼마 전 나는 『우리 나무와 숲의 이력서』란 책에서 보았는데 "산에 울창한 숲이 조성되면 숲이 없는 곳보다 30배의 물을 저장할 수 있다"고 한다. 1정보(9,917㎡)의 숲은 1년에

78명이 호흡할 때 필요한 18톤의 산소를 공급한다고 하니 이 얼마나 고마운 일인가.

나무가 없는 산은 숲이 우거진 산보다 유수流水 유출량이 6배나 많아 토사 침식률이 우거진 숲의 60배에 이른다. 이를 증명한 사례가 바로 북한이다. 1970년대 이후 북한은 식량난을 타개한다는 명목으로 산지를 마구잡이로 개간했고 주민들이 땔감용으로 벌목을 시작한 결과 북한 지역의 산은 온통 헐벗은 민둥산으로 변했고 해마다 홍수 등 자연재해에 시달리게 됐다.

어쩌다 외국에 나갔다 돌아오는 비행기에서 짙푸른 산야를 내려다보면 이 땅의 풍요로움을 이끌어낸 우리 능력에 대한 자부심으로 뿌듯한 기분이 들곤 한다.

03

'큰 바위 얼굴'의 희망

희망이란, 본래 있다고도 할 수 없고 없다고도 할 수 없다.
그것은 마치 땅 위의 길과 같은 것이다.
본래 땅 위에는 길이 없었다.
걸어가는 사람이 많아지면 그것이 곧 길이 되는 것이다.
- 노신(魯迅)

누구나 살아가면서 삶에 큰 영향을 미친 책이 한두 권은 있을 것이다. 나에게는 그런 소설이 한 편 있는데 중학생 시절 국어 교과서에서 읽은 『큰 바위 얼굴Great Stone Face』이다. 주홍글씨로 유명한 미국 작가 나다니엘 호손(Nathaniel Hawthorne, 1804~1864)이 1850년 발표한 이 소설은 무려 45년 동안 우리나라 중학교 교과서에 실려서 세대를 이어가며 청소년들에게 깊은 감동을 주었다.

이야기는 매우 단순하고 상징적이다. 이야기의 주인공 소년 어니스트는 어머니로부터 마을 앞 깎아지른 듯한 절벽 위에 있는 사람 형상의 '큰 바위 얼굴'에 관한 인디언의 전설을 듣는다. 언젠가 마을의 바위를 닮은 위대한 인물이 나타날 거라는 이야기다. 그때부터 어니스트는 큰 바위 얼굴을 닮은 사람을 동경하면서 위대한 위인이 나타나기를 기다리며 꿈과 희망을 키워나간다.

어니스트는 일생동안 고향을 떠나지 않고 목수로서 성실하게 살아가면서 위인을 기다렸다.

세월이 흐르면서 부자, 상인, 장군, 정치인, 시인 등이 마을에 나타났다. 그때마다 마을 사람들은 '큰 바위 얼굴'을 기대했으나 그들은 실망만 남기고 떠나가곤 했다. 그러는 사이에 어니스트의 머리에도 서리가 내렸다. 이마에는 주름살이 패이고, 뺨에는 고랑이 생겼다. 하지만 백발이 성성한 늙은 목수 어니스트의 얼굴에는 예지의 빛이 빛나고 있었고 머릿속에는 지혜로운 생각이 깃들어 있었다.

…저쪽 멀리, 황금처럼 빛나는 저녁노을 빛 아래 큰 바위 얼굴이 보였다. 그 모습을 바라보던 시인은 참을 수 없는 충동으로 팔을 높이 쳐들고 외쳤다.

"보시오! 보시오! 어니스트야말로 저 큰 바위 얼굴과 똑같습니다."

사람들은 모두 어니스트를 쳐다보았다. 그리고 그 지혜로운 시인의 말이 사실이라는 것을 알았다. 어니스트의 이름은 그가 살고 있는 산골 마을을 넘어 세상에 널리 알려지게 되었다.

이 이야기는 막대한 부나 권력, 사회적 명성을 지닌 자들보다 끊임없는 자기반성과 성찰이 인간의 추구해야 할 위대한 가치라는 것을 알아가는 과정을 보여주고 있다.

우리 집 건너편에는 봉수산402m이 있다. 내가 나무하러 다니던 산이 그 산인데 봉수산 정상에 서면 바다가 보이고 멀리 여수 시내도 보인다.

봉수산 중턱에 사람의 코를 닮은 형상의 큰 바위가 있다. 해가 뜨면 서쪽 방향으로 큰 코의 그림자가 길게 늘어지다가 사라지고 해가 질 때는 동쪽 방향으로 코의 생김새가 생겼다가 해가 뉘엿뉘엿 지면 아스라이 사라진다. 큰 바위 코를 보면서 나도 위인이 나타나기를 기다렸는지 모른다.

위인은 나의 희망이었다. 위인 중에는 부유한 가문에서 태어난 운 좋은 사람들도 많지만 에이브러햄 링컨, 토머스 에디슨 같은 흙수저로 태어난 사람도 많다. 나는 가난한 우리 집이 너무 안타까웠다. 간신히 입에 풀칠만 하고 사는 식구들. 할아버지, 할머니, 아버지, 어머니 그리고 다섯 명이나 되는 동생들을 볼 때마다 뭔가 해야 된다는 욕망이 생겼다. 나는 어니스트처럼 고향 마을에만 묻혀 살면서 위인이 나타나기만을 기다리고 싶지 않았다. 나는 스스로 큰 바위 얼굴이 되리라 마음먹었던 것 같다.

4~5년마다 동생들이 태어났다. 태어나서 자라는 건 모두 자기들 몫이었다. 우리 집은 오래된 두 칸 초가집과 두 칸 기와집 아래채가 있었다. 대식구가 잠자는 방 이외에는 공부할 방은 없었다. 공부도 자기들 몫일뿐이었다.

주경야독書耕夜讀이란 말을 나는 어려서부터 체득한 듯하다. 나는 낮에는 농사일과 집안일을 거들었고 밤에는 호롱불 아래서 책을 읽고 공부해야 했다.

당시 돌산도에는 전기가 들어오지 않아서 집집마다 호롱불로 어둠을 밝혔다. 밤이면 희미한 호롱불이 켜져 있었고 어머니가 바느질을 할 때면 호롱의 심지를 돋우어서 방안이 환해지곤 했다.

내가 공부를 할 때 심지를 돋우면 어른들은 아무 말도 하지 않으셨는데 어쩌다 동화책이라도 빌려다 읽으면 어른들의 눈치가 보였다. 아이들은 교과서 공부만으로도 충분하다고 생각하시는 어른들은 동화책이란 호롱 기름이나 낭비하게 하는 사치품이라 여겼다.

먹고사는 문제가 최우선이었던 시절이라 그랬다. 지금 호롱불 켜놓고 살던 시절을 생각하자니 까마득한 옛 시절만 같다. 등피鐙皮에 까맣게 그을린 그을음을 닦아내던 일이며 뾰족한 나무꼬챙이로 호롱의 심지를 돋우던 일이 아득한 추억으로 떠오른다. 호롱불빛이 어수선한 방안 풍경을 흐릿하게 비치고 온 가족이 모여 앉아 오순도순 식사를 하던 때가 너무도 그립다.

04

농사꾼, 박차고 일어나다

오랫동안 꿈을 그리는 사람은
마침내 그 꿈을 닮아 간다
-앙드레 말로

초등학교를 졸업한 나는 1년 동안 할아버지께 빌어야 했다.

무슨 잘못을 해서가 아니었다. 유림儒林이셨던 할아버지께서는 '농자천하지대본農者天下之大本이라는 사상에 철저하신 분이셨다. 이 말은 농사가 천하의 큰 근본이라는 뜻으로 농업의 중요성을 강조하는 말이다.

할아버지께서 말씀하셨다.

"너는 집안을 이끌어가야 하는 장남이니까 농사꾼이 되어야 한다. 중학교 진학을 하지 말아라."

할아버지의 엄명 때문에 나는 학업을 포기해야 할 판이었다.

아버지는 연탄아궁이를 제작하여 판매하는 사업을 하셨다. 1년 내내 여수 시내에 영업하러 다니시느라 농사일은 아예 손도 못 댔다. 장남인 나는 모자라는 노동력을 보충해야만 했다.

별수 없이 농사꾼이 될 운명에 처했다. 나는 진학을 포기한 채 일 년 동안 열심히 농사일을 했다. 그 당시를 생각하면 참으로 암담한 기분이 든다. 밭에 씨앗을 심고, 논에 모를 내고, 잡초를 뽑으면서 나는 한 번도 '나'였던 적이 없었던 것 같다. 친구들은 교복 입고, 교모 쓰고 반듯한 걸음걸이로 미래를 향해 나아가는데 나만 홀로 외톨이로 버려진 기분이었다. 이대로 밑바닥에 내려앉아 영영 미래로 나아가지 못할 것만 같은 기분이 들어 세상이 원망스럽기까지 했다.

그러면서도 나는 땅이 많은 것도 아니고 농사를 지어 구차한 살림을 꾸리면서 농사꾼이 제일이라는 할아버지가 이해되지 않았다. 어린 내가 보기에 농사일은 미래가 보이지 않는 일이었다. 나는 어렸을 적부터 어른들이 어렵게 농사짓는 일을 보고 늘 안쓰러웠다. 가진 농토는 손바닥만 하고 농사짓는 방법은 원시적이어서 일 년 내내 뼈 빠지게 일을 해서 다행히 풍년이 들어도 간신히 일 년 양식이 될까 말까였다.

당시에는 몰랐지만, 훗날 내가 사회생활을 시작하고 반평생을 몸 바쳐 일했던 현대그룹의 창업주 정주영 회장도 장남으로서 나와 같은 입장에 처해 있었으나 과감하게 농촌을 탈출해서 사업가의 길을 걸었고 세계적 기업을 일궜다.

비유하기는 그렇지만 그분도 나처럼 '장남 콤플렉스'를 앓았던 것 같다. 정주영 회장은 부친이 온 힘을 다해 일을 해도 먹고 살기 힘든 농사일을 왜 그렇게 고집하는지 이해할 수 없다고 했는데 그때 내 심정이 딱 그랬다. 나는 정주영 회장처럼 가출을 시도하지는 못했으나 어깨를 짓누르는 장남 역할에 숨이 막힐 지경이었다.

가족에 얽매이지 않고 자신의 자질과 욕구대로 자율적인 삶을 찾든, 가족에 둘러싸여 힘겨운 장남 노릇을 하든 장남은 괴롭다. 앞에서도 말했지만 대부분의 장남들이 모든 면에서 장남 노릇을 잘해야 한다거나 장남 노릇을 잘 못하는 것에 따른 죄책감을 느낀다.

나는 내 앞에 태어났던 형이 왜 그렇게 빨리 죽었을까 원망하기도 했다. 하지만 나는 집안일을 도우면서 진학을 목표로 열심히 공부했다. 아무리 피곤해도 하루 한 시간 정도는 진학을 위한 책을 읽었다.

친구 녀석에게 영어 참고서를 한 권 얻어서 알파벳 공부도 하면서 희망을 버리지 않았다. 그 책을 내게 건네준 친구가 무척 고마웠다. 당시는 어렵기도 했거니와 더군다나 시골 섬마을이어서 영어 참고서는 어쩌다 한번 구경하던 귀한 책이었다.

한 해가 지나가고 다음 해가 되자 나는 조바심이 일기 시작했다. '이러다가 정말 바깥세상과는 아주 단절된 농투서니로 평생을 썩어야 하나….'

나는 할아버지께 간청했다. 무릎 꿇고 여러 번 빌었다.

"할아버지 공부 마치고 다시 농사꾼이 되겠습니다."

나는 할아버지 앞에서 눈물을 흘렸다. 그러자 할아버지께서는 "중학교 진학 시험만 보아라." 하고 허락하셨다. 결국 진학을 허락한 거다. 농사꾼이 되어야 하는 굴레를 벗어난 순간이었다.

중학교에 가야만 한다는 간절함은 무엇 때문이었을까. 어린 마음에도 공부를 계속해야 이 모진 가난을 피할 수 있다는 믿음이 있었을까? 평생 농사나 지으며 사는 농투서니로 인생을 살아갈 수는 없다는 절박함과 미래에 대한 막연한 희망 때문이었으리라.

당시에는 중학교도 입학시험을 봐서 합격해야 진학할 수 있었다. 집에서 6km 떨어진 곳에 돌산중학교가 있었다. 그러나 무슨 엉뚱함이었을까? 나는 시골 중학교는 가기 싫었다. 그래서 여수 시내에 있는 수산전문대학 부설중학교에 진학하게 되었다.

여수에 거처가 없는데도 왜 여수 시내에서 학교를 다니고 싶었는지 알 수 없는 일이었다. 중학교를 다니기는 했지만 어린 나로서는 가족과 떨어져 사는 객지 생활이 무척이나 힘겨웠다. 힘들지만 행복으로 가는 열차를 타고 가는 새로운 출발이기도 했다. 이때부터 나는 타향살이 신세가 되었다.

05

세 끼는 잘 챙겨 먹냐?

결코 그르치는 일이 없는 사람은
아무것도 하지 않는 사람일뿐이다.
-로망 롤랑

6남매의 장남으로 태어난 나는 아버지의 큰아들이면서 어머니의 큰딸이었다.

초등학교 입학 전부터 어머니가 하는 일을 도와드리지 않으면 안 되었다. 반찬 만들고 빨래하는 것을 제외하고 밥짓기, 설거지 등은 언제나 내가 해야 했다.

중학교는 먼지가 펄펄 나는 논 가운데 긴 도로를 3km 쯤 걸어가야 하는 여수시 서쪽에 있다. 서중학교다. 지금은 구봉중학교로 이름이 바뀌었다.

중학교 진학 후에 여수 시내 고모 댁에서 잠깐 머문 뒤에 중학교 내내 자취 생활을 했다. 주말에는 반찬거리 등을 가져와야 하기 때문에 돌산도 시골집에 가야 했다.

여수시와 돌산도로 연결하는 나룻배를 타고 5분 정도 건넌 후

삼십 리12km 떨어진 시골집까지 3시간 이상을 걸어서 가야 했다. 그때는 어지간히 먼 길도 걸어 다니는 게 예사였다.

고니 도래지인 굴전마을을 지나 이순신 장군 유적지로 알려진 무슬목을 지나면 도깨비가 나온다는 산밑 으슥한 길을 지난다. 초등학교 때 소풍 간 달음산(대미산 358m)과 매일 나무하러 오르내리던 천마산271m 사잇길을 지나고 야트막한 들판을 지나서 고개를 넘으면 평사감리교회 앞에 우리 집이 있다.

해 질 무렵이면 서쪽 방향으로 멀리 바다가 보인다. 바다 너머로 지는 낙조는 나를 다른 세상에 대한 호기심으로 이끌었다. 빛의 장관을 이뤘다.

언덕에서 내려다보면 석양의 마지막 햇살이 수평선 너머로 잦아들고 서편 하늘에 몽글몽글 떠 있는 구름 덩어리들이 차츰 여러 가지 모양과 색채로 변하기 시작한다. 구름장에 머물렀던 저녁놀은 갈색이 섞인 오렌지색이었다가 점점 붉은빛을 띠었다가 보랏빛으로 변해간다. 그 빛은 장엄한 황혼빛으로 변하고 마지막 숨을 쉬는 듯 환하게 퍼지는 몽환적인 빛이 누리를 감싸는 것이었다. 나는 자연이 펼치는 장엄한 예술을 감상하느라고 오랫동안 넋을 놓고 언덕에 서 있곤 했다.

저 너머는 어떤 세상이 있을까? 이런 생각도 했다.

왜 해는 매일 떴다가 매일 질까?

저 드넓은 바다 너머에 있는 나라들…

광활한 우주…

우리는 정말 어디에서 와서 어디로 가는 것일까?

나는 누구일까?

훗날 철학책을 몇 권 접한 적이 있는데 과학도 철학도 다 이런 원초적인 질문에서 시작되었다는 것을 알게 되었다. 아마 내가 그런 의문에 계속 파고 들었다면 개똥 철학자 정도는 되지 않았을까. 하지만 생존이 절박했던 나로서는 그런 생각에 더 깊이 빠지는 것은 사치였다.

주말마다 30리 길을 걸어 고향집에 가면 어머니는 "세 끼는 잘 챙겨 먹니?."라고 물으며 항상 안쓰러워 하셨다. 다음 날, 또 챙겨주신 김치, 오이소박이, 멸치조림 등 반찬거리를 가지고 걸어서 30리 길을 가야만 했다.

가장 많이 먹었던 반찬은 깻잎김치였다. 시간이 지나도 맛있게 먹을 수 있고 오랫동안 보관이 가능하다. 냉장고도 없던 시절이라 점심 도시락 반찬이 제일 어려웠다. 많이 먹던 반찬은 멸치다. 아침 식사 때 국물을 우려먹고 멸치 몸통은 도시락 반찬용이었다. 나는 드난살이 같은 자취 생활이 지겨웠다. 모든 것이 힘들었다. 자취방을 얻어놓고 살기는 했으나 추운 겨울에는 연탄 한 장 살 돈이 없어서 냉방에서 베개를 안고 떨며 자야만 했다.

그때마다 나는 고향집에 계신 부모님을 생각하고 눈물을 삼키곤 했다. 무엇보다 어머니의 따스한 품이 그리워 울기도 많이 했다. 하지만 3년의 자취 생활은 나에게 어떤 일도 할 수 있는 독립심과 자신감을 키워주었다.

06

정수리에 남은 흉터

어머님은 속삭이는 조국
속삭이는 고향
속삭이는 안방
가득히 이끌어 주시는 속삭이는 종교
- 조병화

열 살 무렵이었다.

도장부스럼피부사상균증이 유행했는데 나도 감염이 되었다. 머리 위에 도장 모양의 반점이 나타나고 감염 부위가 무척 가려웠으나 병원에 가서 치료할 수 없었다. 요즘 같으면 피부과에 가면 쉽게 나을 병으로 생각되지만, 그때는 병원이 흔치 않아서 집에서 민간요법으로 치료하기 일쑤였다.

도장부스럼이 낫지 않고 계속 번지자 어머니께서 직접 치료에 나섰다. 양잿물수산화나트륨을 사용하는 처방이었다. 세제가 나오기 전 세탁할 때 때가 잘 빠지게 사용하던 독극물이다.

처음 양잿물을 발랐을 때는 피부가 새까맣게 변했다. 모근이 타 버린 것이다. 지금도 내 머리 정수리에는 두 군데 흉터가 남아 있다. 다행히 머리 위라서 다른 사람들에게 보이지는 않지만, 어머니는 내 IQ를 10은 떨어뜨렸다고 평생 미안해 했다.

그때를 생각하면 어머니의 모정 때문에 왈칵 눈물이 솟곤 한다. 내가 가지고 있는 털끝 만한 재능하나라도 어머니께서 주신 것인데도 말이다. 어린이의 운명은 언제나 어머니가 이끌어 가기 마련이다. 요즘도 나는 매일 그 흉터를 만지곤 한다. 그렇게 어머니를 생각하며 내 품에 안고 산다.

어머니는 20여 년 동안 7남매를 낳았다. 형은 아기 때 사망해서 내가 장남이 되었고 우리 6남매는 모두 건강하게 잘 자랐다. 요즘은 아기 하나 키우기도 어려워하지만, 그때는 모두가 대가족이었다. 한두 명 낳아 기르기도 힘든데 어떻게 6남매를 키우시고 농사일하고 집안일하고 아이들 뒷바라지를 어떻게 했을까? 아마도 어머님은 눈물을 가슴에 묻고 사셨을 것이다. 억척 어머니였다.

그 시절에는 삼베를 짜서 여름옷으로 많이 입었다. 삼베옷을 여름에 입으면 시원하다. 땀을 빨리 흡수하고 건조가 빠르며 통풍이 잘 돼서 한번 입으면 다른 옷과 비교할 수 없이 좋았다. 촉감은 까슬까슬해서 땀이 차지 않는다.

삼베 재료인 대마는 한해살이풀로 나무를 채취하고 잎을 제거한 후 찌면 대마의 껍질이 벗겨지고 약간 누른 속껍질만 남는다. 매년 여름에 어머니는 이 작업을 손수 하셨다. 이를 말려서 두었다가 겨울 농한기에 가늘게 쪼갠 후 삼베 실이 된 가닥을 길게 잇는 길쌈작업을 겨우내 하셨다. 혼자 하기 힘들어 마을에서 다른 어머니들과 공동작업을 했다.

베 한 필의 길이와 폭을 따라 길게 늘어뜨리고 풀 먹이는 작업을 한 후 베틀에 삼베 실을 감고 베틀을 이용해서 삼베를 겨울 농한기에 짜내셨다. 그렇게 옷까지 만들어 입혔으니 얼마나 많은 일을 하셨는지 상상하기도 힘들다.

어머니의 특식은 손칼국수다. 밀가루를 반죽하고 납작하게 넓히고 칼로 송송 썰어 끓는 물에 넣어 만든 엄마표 칼국수는 별미였다. 요리가 간단해 대식구를 한 끼 먹이기가 쉬웠던 것으로 보였다.

방학 때 집에 가면 언제든지 닭백숙으로 영양 보충을 해 주셨다. 간신히 먹고 사는 자취생인 내 몰골은 말이 아니었다. 어머니는 "얼굴이 안 좋구나!"라고 하시며 눈물이 그렁그렁 맺혔다.

어느 해 집에 갔더니 식구들이 애지중지하던 강아지 해피가 없어졌다. 나는 어머니께 물었다.

"해피, 어디 갔어요?"

어머니는 말씀이 없었다.

"형 학비 보내려고 팔았어요."

대신 동생이 대답했다.

'개를 팔아 학비를 보내다니…' 나는 어린 마음에도 가슴이 미어졌다.

고구마는 중요한 간식이었다. 씨고구마, 즉 무강무강고구마을 땅에 심으면 고구마 줄기가 길게 자란다. 이 줄기를 두어 마디 정도 잘라서 밭에 고랑을 파고 조금 높게 복토復土한 후 심으면 잘 자란다.

간식이 없던 시절의 귀한 구황작물 중 하나가 고구마였다.

가을에 무성한 고구마 순을 걷어내고 쟁기로 갈면 머리통만 한 고구마를 수확하곤 했다. 고구마는 지하나 방 한구석에 보관했다가 겨우내 조금씩 꺼내서 간식으로 먹었다. 우리 식구들은 매일 새벽에 일어나 동치미와 고구마로 허기진 배를 채웠다.

"섣달그믐날에 잠을 자면 눈썹이 하얗게 된다"고 어머니께서 말씀하셨다. 진짜인 줄 알았다. 감겨오는 눈을 깜빡거리다가 이리저리 머리를 부딪친 기억이 새롭다. 새벽이 되면 동네 삼촌이 만들어준 연을 들고 밖으로 뛰쳐나갔다. 하늘 높이 날아오르는 연을 보며 환호했다.

설빔으로 사준 신발과 옷을 입고 동네 어르신들께 세배를 드렸다. 나이가 많은 어른이 계신 집은 모두 들러 세배를 했다. 그때는 마을공동체였다. 산업사회로 급격하게 변하면서 전통문화가 없어졌다. 이제는 옆집에 누가 사는지 신경도 쓰지 않는다.

우리 시골집은 위채가 초가집이고 아래채는 기와집이었다. 초가집은 너무 오래돼서 기둥이 무너질 지경이었다. 마루는 듬성듬성 널빤지가 빠지기도 했다. 50년이나 된 집이었다.

나는 1985년 여름에 어머님의 노후를 편히 지내시라고 집짓기를 결심했다. 텃밭에 텐트를 치고 4개월 동안 건평 20평에 방 3개, 부엌, 화장실이 있는 콘크리트 집을 지었다. 입식 부엌과 목욕탕, 샤워 시설 등을 갖춘 현대식 집을 어머님 노후에 선물한 셈이다.

냉장고와 세탁기도 들여놓고 도시가스를 놓았다. 가스를 사용하면 식사 준비도 수월하게 하실 것이니 어머니의 고단한 노동력을 덜 수 있으리라. 그때까지도 아궁이에 땔감이 없으면 밥을 지을 수가 없을 때였다. 새집 입주 날 주변 분들을 모두 부르시고 흐뭇해하던 어머니 모습이 눈에 선하다.

어머니는 돌아가시기 전까지 이곳에서 생활하셨다. 지금도 그때 지은 집은 그대로이다. 옥상에 올라가서 서쪽을 향하면 바다가 보인다. 바다를 바라보면서 이곳에서 자라나 전국 각지에서 저마다의 가정을 꾸리고 사는 동생들을 생각한다. 이 집에는 우리 형제들의 추억이 켜켜이 서려 있다.

초가집일 때 있던 감나무가 지금도 집 앞에 꿋꿋이 서 있다.

설, 추석, 부친 제사 때는 시골집에 형제들이 모두 모인다. 어머니는 내가 먼저 가면 둘째를 기다리고 셋째를 기다리신다. 대문 앞에 인기척이 나면 뛰어나가신다. 어머니는 말년을 이 집에서 거의 혼자서 지내셨다. 얼마나 외로우시면 저러실까. 가슴이 아팠다. 자식들이 모여든 며칠 동안 어머님은 무척이나 행복해 보였다.

귀경 시 나는 항상 맨 나중에 떠나곤 했다. 한 사람 두 사람 떠난다. 어머니가 대문 앞까지 배웅나와 멀리 가는 자식들에게 손을 흔드는 모습을 볼 때마다 가슴이 먹먹해지곤 했다.

잠깐 명절을 쇠러 온 자식들은 먹고살기 위해 각기 일터로 돌아가야 한다. 어머님도 잘 알고 단념하셨을 것이다. 어머니께 효도하기 위해 직장을 그만두고 곁에 있을 수는 없는 노릇 아닌가. 어머님을 우리 집에 모시려고 해도 불편해하신다. 며칠씩 자녀들

집에 돌아가면서 방문하는 걸 좋아하셨다. 제일 포근하고 안전한 피난처는 당신의 안식처임을 깨닫고 계셨다.

어머니는 80세가 넘으면서 차츰 기력이 쇠했다. 병원에 입원과 퇴원을 여러 번 반복했다. 1년간을 우리 집 주변 요양병원에 모시고 매일 방문했다. 주말이면 차로 모셔 드라이브하면서 맛있는 음식을 사드리곤 했다.

어느 날, 어머니는 차타기를 거부했다. 전에는 그렇지 않았는데 멀미를 심하게 하기 때문이었다. 목구멍 식도 괄약근이 약화되어서 음식물 섭취가 불가능해졌다. 호수로 미음을 섭취해야 했다. 그렇게 1년 동안 점점 쇠약해지시더니 하늘나라로 가셨다.

우리 형제에게는 자랑스러운 어머니셨다. 하늘나라에서 햇빛이 되어 우리를 언제나 비추고 계시리라 믿는다.

어느 날 헤르만 헤세의 시를 읽었는데 〈나의 어머님께〉라는 시가 있었다. 이 시는 어렵지도 않았고 나의 심정을 그대로 표현한 것만 같아서 너무 좋았다,

하고픈 이야기가 많았습니다.
나는 너무나 오랫동안 객지에서 지냈습니다.
그래도 나를 가장 잘 이해해 주시는 이는
언제나 어머님 당신이었습니다.

오래 전부터 당신에게 드리려던
나의 최초의 선물을

수줍은 어린아이 손에 쥔, 지금
당신께서는 두 눈을 감으셨습니다.

그러나 이것을 읽고 있으면
이상하게도 나의 슬픔은 잊혀지는 듯합니다.
말할 수 없이 다정하신 당신께서, 천 가닥의 실로
나를 둘러싸고 있기 때문입니다.

세상 모든 어머니가 똑같겠지만 우리 어머니는 곧은 생활 신념으로 자식 사랑이 지극하신 분이셨다. 보잘것없는 장남의 앞길에 모든 희망을 걸고 헌신하셨고 고달픈 인생을 사셨다. 칭찬과 용기를 항상 아끼지 않았으며 자랑스러운 아들이기를 기원했을 것이다. 그런 어머니의 사랑을 이제 더 이상 받을 수 없어 슬프다. 그리움이 가득하다.

인간의 운명은 유한하다. 누구나 자연법칙에 따라 세상을 하직하는 것이 인간의 한계가 아닐까. 어머니! 천국에서 영원한 행복을 맞으시기를 간절히 바랍니다. 불효한 기억들은 모두 잊으시고 남아 있는 형제들이 잘 지내고 살도록 노력할게요.

어머니, 사랑합니다.

07

구월의 원숭이

아브라함처럼, 에스더처럼 가족도 생명도
신앙과 나라를 위해 내려놓을 줄 알았던
그는 과연 누구인가?
- 뉴욕타임즈 '9월의 원숭이(SEPTEMBER MONKEY)' 서평

여수 서중학교(현 구봉중학교)는 여수 시내에서 여수중학교와 함께 양대 명문이었다. 동기들 상당수는 호남 제일의 명문인 광주일고로 진학했다. 그런데 나는 예외였다. 중학교만 다니라는 할아버지의 엄명으로 고등학교에 진학하기가 매우 어렵게 되었다.

중학교 졸업을 목전에 두고 있었지만 초등학교를 졸업할 때처럼 다시 마음에 갈등이 생겼다. 어머니는 나를 설득했다. 우선 집안일을 도와 농사를 짓고 있다가 할아버지의 마음이 돌아서면 그때 고등학교에 들어가는 것이 어떠냐고 물었다.

그렇지 않아도 중학교도 늦게 들어가 남들보다 1년이나 늦었는데, 더 이상 늦추라니 적잖이 당황스러웠다. 더구나 할아버지의 마음이 돌아서기를 언제까지 기다린단 말인가. 할아버지는 집에서 농사를 지으면서 한문이나 더 연마하라고 하셨다. 정말 촌로

다운 말씀이셨다. 나는 도저히 그럴 수는 없다고 생각했다. 그런데 반전의 기회가 우연히 찾아왔다.

어느 날 선생님 심부름으로 교무실에 들렀는데 서울 소재 한 학교의 입학 안내 팸플릿을 우연히 보게 되었다. 눈이 번쩍 띄었다. '전액 장학금 지급', '졸업 후 우수 학생은 미국 유학'을 보낸다는 파격 조건이었다. 그때 나는 이렇게 마음먹었다.

'그래 할 수 있어. 인간의 성패는 마음을 어떻게 먹느냐에 달려있어.'

갑자기 마음이 담대해졌다. 나는 할아버지 앞에 무릎을 꿇고 앉아 시험만 보겠다고 통사정을 했다. 시험에 합격만 하면 살길이 열리리라. 나는 할아버지의 입만 쳐다보았다.

"시험만 봐라."

할아버지는 이번에도 그렇게 말씀하셨다. 겨우 허락을 받아 생전 처음 서울로 가게 되었다.

당시1967년에는 서울에서 봉제공장에 다니는 동네 삼촌들이 꽤 많이 있었다. 그 무렵 우리나라는 산업화의 길로 들어설 때였다. 섬유산업이 수출의 주종을 이루어서 서울 근교에는 봉제공장들이 즐비했다. 나는 그분들의 단체 하숙집에서 숙식을 하면서 시험을 치렀다.

결과는 2등 합격이었다. 할아버지와 아버지는 아마 깜짝 놀라셨으리라. 중학교만 졸업시키고 농사꾼으로 만들려고 했으나 서울에 가서 고등학교에 당당하게 합격했으니 더는 반대하기가 어려웠을 것이다. 그 학교명은 인덕농업고등학교였다. '9월의 원숭이SEPTEMBER MONKEY'라는 책의 저자 박인덕(朴仁德, 1896~1980) 여사가 세운 농업학교다.

서울 노원구 월계동에 있다. '9월의 원숭이'라는 책은 박인덕 여사의 기독교 신앙과 고난, 노력에 대한 자전적 기록이다. '9월의 원숭이'는 구한말 한국에 대한 최초의 영문판 서적으로 쓰여져 미국에서 베스트셀러가 된 책이다.

1896년 9월에 태어난 원숭이띠라는 뜻이다. 박인덕 여사는 1916년 이화대학 3기로 졸업하고 이화여고에서 교편을 잡았다. 이때 제자 중에 유관순(柳寬順, 1902~1920)이 있었다.

1919년 3월 1일 독립 만세 운동이 일어나자 여사는 유관순을 비롯한 이화학당의 학생들과 3·1운동에 적극 참여했다. 여사는 학생들의 만세 시위를 선동했다는 죄목으로 체포되어 6개월 동안 투옥되었다. 투옥 당시 유관순을 감옥에서 만났고, 제자의 순국을 목격하고 절망했다.

해방 후 박인덕 여사는 유관순기념사업회를 구성하고 이사로 활동하면서 유관순 열사의 행적을 널리 알리기 시작했다. 유관순 열사의 존재가 세상에 널리 알려지기 시작한 것은 여사의 주도로 기념사업이 추진되면서부터였다고 한다.

서대문형무소에서 풀려난 여사는 외국인 선교사의 도움으로 미국 유학을 가서 1928년 웨슬리언 칼리지를 졸업하고 1931년에 컬럼비아대학교에서 교육학 석사 학위를 취득했다. 1931년부터 1945년까지 학생자원봉사 운동으로 미국, 영국, 유럽 순회강연을 다녔고 그 강연료와 '9월의 원숭이' 책으로 모금을 해서

1963년 12월 인덕농업고등학교를 설립했는데 내가 1967년에 4회로 입학하게 된 것이다.

박인덕 여사는 구한말 혼란기에 미국에 가서 학위를 취득하고 여성의 굴레를 타파하기 위해 노력한 한국의 여성 선각자이다. 조선조 말엽 미국 선교사들이 교육 사업을 통해 한국 사회가 근대로 향하고 있던 때였다. 박인덕 여사는 농업교육을 통해 민족을 일깨우려는 숭고한 뜻으로 인덕학교를 개교했다.

박인덕 여사는 철저한 기독교 신앙인이었다.

인덕학교의 교훈은 '손과 머리로 무無에서 유有로', 'God first, others second, myself last'는 건학 이념이었다.

가난을 벗어나는 길은 농촌을 발전시켜야 한다는 소명 의식이 있었다고 생각한다. 나는 할아버지가 원하는 대로 훌륭한 농부가 되기 위해 3년간 교육을 받았다.

학교 앞 논에서 벼를 재배하고 소와 돼지를 키우고 토마토를 재배했다. 인문계 과목도 배웠다. 나는 장학금을 받아 공부를 했고 기숙사비도 면제된 기숙사 생활을 하면서 철저한 기독교 신앙인으로 교육받았으나 미국 유학은 실현되지 않았다. 실업계 학교였기 때문에 비록 대학을 진학하기 위한 공부는 하지 못했으나 나는 훌륭한 교육을 받았다고 지금도 자부한다. "손과 머리로 무에서 유로"라는 교훈은 졸업생 모두에게 강한 정신력을 기르는 토대가 되었다.

나는 인덕학교에서 평생 친구들을 만났다. 28명 졸업생 중에 3명의 박사도 나왔다. 각자의 위치에서 빛나는 역할을 하며 잘살고 있는 동기들을 보면 3년의 교육인데도 평생의 보람이었다.

농업 분야에서 일하는 동기들도 있었으나 대부분 대학을 진학했다. 나름 사회에 기여하기 위해 노력하는 동기들을 보면 고등학교 교육이 준 대단한 역할이었다고 생각한다.

나는 인덕학교에서 훌륭한 스승을 만났다. 박인덕 여사의 따님인 김혜란 교장 선생님, 신현덕 교감 선생님은 우리의 표상이었다. 이형재 담임 선생님은 수학을 가르치셨고 3년 동안 동고동락하며 알뜰하게 챙겨주셨다. 참 스승이셨다.

인덕학교는 한국이 산업화 초기에 시작했으나 급격하게 공업화되면서 농업 교육에서 공업 교육으로 교육 방향을 다시 설정하고 지금은 인덕과학기술고로 개명하고 인덕대학교도 설립하여 오늘에 이르고 있다.

현재 인덕학원은 동문 졸업생이 2만 명이 넘는 전통사학으로 변모했다.

나는 틈틈이 대학 진학을 위한 공부에 진력했다. 실업계 공부를 한 탓에 명문 대학을 갈 만한 성적을 올리지는 못했으나 어렵사리 예비고사는 합격했다. 1970년 초에 서울대학교 농대를 지원하였으나 낙방했다. 만약 합격했더라면 전혀 다른 인생길로 접어들어 다른 인생을 살았을 것이다.

누구에게나 인생은 단 한번 주어진다. 누가 대신 살아줄 수도 없고 기회는 단 한번 뿐이다. 특히 사회생활을 시작하는 20대는 가장 중요한 인생의 전환점이다.

그 사람이 어렵게 살아왔든 부유하게 살아왔든 상관없이 새로운 갈림길에 서게 된다. 돌이켜보면 한 개인에게 있어서 삶의 차이를 가져다주는 것은 삶에 어떤 사건이 일어났는가의 문제가 아니다. 순간순간마다 자신에게 부딪쳐오는 도전에 스스로가 어떻게 대응했느냐에 달려있다.

토인비도 역사는 도전에 대한 응전의 방식으로 진전된다고 하지 않았던가. 한 개인의 역사에 있어서도 똑같은 상황에서 이에 대해 어떻게 도전했느냐에 따라 운명이 갈라진다. 이 운명의 갈림길에서 적극적으로 응전하느냐, 소극적으로 대응하느냐 하는 선택은 항상 본인의 문제다. 그 선택이 훗날 내 운명을 결정짓는다. 나는 비교적 이런 사실을 일찍 깨달았던 듯싶다.

중국 시인 이백李白의 시에 인생의 갈림길을 노래한 이런 시가 있다.

갈림길에 측은히 눈물 짓고,
쓸쓸히 현실을 슬퍼하자.
길은 갈리어 남과 북이 있고,
현실은 변하기 쉽도다.
만사萬事가 원래부터 이러하며
인생에 일정한 것은 없다.

08

고단했던 재수 생활

해야 할 일은 해야 한다.
어떠한 고난과 장애와 위험, 그리고 압력이 있더라도.
그것이야 말로 모든 인간의 도덕적 기본이다.
-존 F 케네디

고등학교를 졸업했지만, 대학은 꿈도 꿀 수 없는 노릇이었다. 갈림길에 서 있는 나에게 3학년 담임 선생님이 이런 말씀을 해주셨다.

"비록 현실이 허락하지 않더라도 여기서 멈추지 말고 더 배우고 노력해야 한다는 자세를 유지하도록 해라."

선생님의 말씀이 나에게 큰 용기가 되었다. 하지만 현실은 그렇지 않았다. 앞으로 어떤 일을 해야 할지 너무도 막연했다. 농사짓는 일에 대한 공부는 했으나 막상 시골에 내려가서 농사를 지을 생각을 하니 눈앞이 캄캄했다. 서울에서 취직을 하자니 막노동밖에 할 것이 없을 것 같았다.

나는 대학 진학을 결심했다. 앞뒤도 재보지 않고 재수하기로 작정했다. 공부 이외에는 다른 방법이 없다는 판단을 했다. 정주영 회장은 어릴 적 농사일과 가난이 싫어서 아버지의 소 판 돈을 갖고 무작정 상경한 적이 있다. 나의 무작정 상경은 그래도 정 회장보다는 더 명분이 있는 것이었다. 대학에 진학하겠다는 뚜렷한 목표가 있었고, 성공한다는 강한 의지와 신념이 있었다.

당시 서울 세종로에는 유명한 단과 강습 학원이 즐비했다. 종로**, 세종** 등에 영어, 수학, 국어, 물리, 화학 그리고 국사 등의 명문 강사들이 많았다. 이들의 강의는 내가 그때까지 들어 본 적이 없을 정도로 탁월했다. 머리에 쏙쏙 들어오게 입시에 맞춰 정형화된 강의였다. 요즘에 말하는 쪽집게 강의였다. 다섯 번 정도 반복해서 강의를 들으면 웬만한 과목은 어느 정도 실력을 쌓을 수 있었다.

대학을 가기 위해서 시험과목인 모든 과목을 반복 수강했다. 그러자 비로소 해낼 수 있다는 자신감이 붙었다. 입시 위주의 공부를 하지 못한 고등학교 3년 동안의 공백을 학원에서 조금은 보완할 수 있었다.

문제는 서울에 마땅히 기거할 거처가 없다는 것이었다. 나는 사설 도서관에서 지냈다. 저녁이 되면 도서관 좌석 밑에 모포를 깔고 잠을 청하는 고단한 생활을 그해 여름까지 계속했다. 식사는 광화문 골목에 가난한 재수생들에게 파는 백반이 있었다.

몇 개월을 이런 식으로 사는 게 매우 힘들었다. 처음의 결심과는 달리 차츰 미래에 대한 불안감이 찾아왔다. 이렇게 해서 대학을 진학할 수 있을까? 그때까지 나는 자신에게 맞는 공부 방법을 제대로 찾지 못하고 있었다.

갑자기 앞날에 대한 회의가 찾아왔다. 학원을 전전할 돈도 떨어지자 의욕마저 뚝 떨어졌다. 시골로 내려가 쉬던 중 여수시 공무원 시험이 있다는 것을 알게 되었다. 당시 나 같이 대학에 갈 수 없는 젊은이들이 많이 택한 길이 공무원이었다.

시험 준비도 하지 않고 응시했는데 운 좋게 필기시험은 합격했다. 그런데 면접시험 때 문제가 생겼다. '국민교육헌장'을 외워 보라는 것이다.

"우리는 민족중흥의 역사적 사명을 띠고 이 땅에 태어났다…"

라고 시작되는 국민교육헌장. 문장도 좋고 사상도 숭고한 것이었으나 어떻게 그것을 외우지 못했다고 당락이 결정된단 말인가! 국가와 개인의 일체감을 통해 참된 민주복지 국가의 꽃을 피우자고 강조한 국민교육헌장이 내 발목을 잡다니! 면접을 이렇게도 보는구나 하는 순간 낙방하고 말았다.

지금 돌이켜보면 우리가 살아온 시대의 한계가 아닐까 싶다. 그때 합격했더라면 9급 공무원 생활로 일생을 보낼 뻔했다. 더 편한 삶을 살았을지는 몰라도 성에 차지 않아서 중도에 그만두었을 지도 모를 일이었다. 그래서인지 떨어져도 후회되지 않았다.

그해 겨울, 나는 시골집에서 무위도식無爲徒食했다. 부모님 뵐 면목이 없었다. 나 자신이 초라하게 느껴지기도 했다.

궁리 끝에 대학입시에 재도전하기로 결심했다. 초여름에 서울로 올라와 광화문 사설도서관과 단과학원에서 고단한 재수 생활을 다시 시작했다.

그때 나는 대학교를 다닌다고 앞으로 인생에 어떤 별다름이 있을지는 아직 잘 몰랐다. 진학지도라는 것을 받아 본 적이 없기 때문이다. 어떻게 하면 공부를 잘할 수 있을까? 얼마 전까지 차고 넘치던 자신감은 어디로 간 것일까? 공부 잘하는 학생들이 다닌다는 유명한 학원에 다녀봐도 성적은 제자리를 맴돌 뿐이었다.

주변에서 그다지 큰 노력없이 좋은 성적을 올리는 머리 좋은 친구들을 보면서 정말 부러웠다. 그렇다고 결코 그들만큼 머리가 좋지 않은 나를 비관하지는 않았다. 대신에 내가 할 수 있는 일에 최선을 다하고 충실하게 사는 것이 중요하다고 생각하며 거기에 집중했다.

'천재는 99%의 노력과 1%의 영감'이라는 에디슨의 말은 성공한 천재가 범인들을 위로하려고 지어낸 말이 아니라고 자위했다. 에디슨의 말은 자신의 경험으로 미루어 명백한 사실이며 99%의 노력만이 천재를 가능하게 하는 것이라고 나는 믿었다. 그것은 어린 시절에 읽었던 에디슨의 전기 때문이었을까? 나의 타고난 기질 때문이었을까? 지금도 나는 그 까닭을 잘 모른다.

에디슨은 "천재는 1%의 영감과 99%의 노력으로 이루어진다."는 신념을 가지고 '초인적인 집중력'을 발휘했다. 그는 어떤 목표가 정해지면 생활 자체를 철저하게 그것에 맞추었다. 우선 그는 어떤 계획을 하나 세우면 그와 관련된 책은 모조리 읽어치웠다. 그렇게 확실하게 지식을 습득한 다음에야 비로소 실험실 작업을 시작했다. 그는 백열전구, 축음기, 전기기관차, 타자기, 콘크리트

빌딩의 건설 방법, 금속판 제조법을 발명했고, 영화와 전신 장치, 전화의 발명에 획기적인 기여를 했으며, 자동차의 개발과 공급, 제조 시스템에 대한 아이디어를 제공하는 등 그의 창조적이고 획기적인 발명품 목록은 믿기 힘들 정도로 엄청난 양이었다.

예를 들어 오늘날 컴퓨터 문명의 기초를 이룩한 진공관은 그의 아이디어를 실용화해서 탄생한 것으로, 그것의 발명은 라디오, 장거리 전화, 텔레비전을 비롯한 무수한 발명품으로 이어졌다. 그는 귀가 잘 들리지 않는 상태에서 그런 업적을 이루어냈다.

어쨌든 나는 그런 사람을 닮고 싶었다. 바로 에디슨처럼 노력하는 사람이 되고 싶었던 거다. 공부에 있어서 교재나 학원은 부수적 조건일 뿐이고, 결국 공부를 하는 주체는 나다. 어떤 학원을 다니는 것이 대수가 아니라 어떤 마음가짐이나 태도로 공부하느냐에 따라 성적이 결정된다.

그 무렵 학원 로비에서 어떤 책자를 무심히 넘기다 가슴을 찌르는 한 문장을 읽게 되었다.

"희망과 인내는 만병을 다스리는 두 가지 치료 약이다. 희망과 인내는 어려움에 처해 있을 때 의지할 수 있는 가장 믿음직한 자리이자 가장 부드러운 방석이다."

짧은 문장이지만 나에게 인생 목표를 세우게 된 금언처럼 되었다. 그 후 '희망과 인내'라는 두 가지 치료 약은 명약이 되었다.

어느 대학 선배 한 분이 상과대학 경영학과에 가면 돈을 잘 벌

수 있다는 말에 귀가 번쩍 뜨였다. '돈을 잘 벌 수 있는 학과가 있다!' 나는 믿고 싶었다. 돈을 벌어야 성공할 수 있다는 것, 그것이 가난에서 벗어나는 최선의 방법이라는 걸 모르는 사람이 있을까?

서울 상대는 언감생심이고 그 당시 유명세를 타던 신생 학교인 서강대학교 경영학과를 목표로 공부에 매진했다. 목표가 있어야 공부도 흥이 나는 법이다. 그동안 나는 공부는열심히 했지만 왠지 지친 표정이고, 공부에 별로 흥이 없었다.

목표가 생기니 자기 주도적 학습을 할 수 있었고 세운 계획은 모두 달성할 수 있었다. 그 무렵에는 '자기주도학습'이라는 공부법이 없었으나 나는 스스로 자기주도학습을 하면서 나 자신에게 맞는 공부 방법을 찾았다.

제일 먼저 했던 것은 대학입시를 기점으로 시간표를 짜고, 공부할 분량을 잘게 나눠 하나하나를 성취해 나갔다. 그렇게 공부하면서 자신이 지금까지 공부했던 방식이 얼마나 막무가내였는가를 깨달았다. 그러자 공부에 대한 자신감과 삶에 대한 열정이 되살아났다.

그 무렵 나는 칼 힐티의 베스트셀러 『잠 못 이루는 밤을 위하여』를 읽었다. 그중 다음과 같은 구절이 내게 용기를 주었다.

"고통은 사람을 강하게 만든다. 그렇지 않으면 사람을 죽이고 만다. 사람은 자기 능력에 따라 어느 것이든 택하게 마련이다. 행복한 때는 우리가 고난은 어떻게 견딜 수 있는지 알지 못한다. 고난 속에서 비로소 우리는 자기 자신을 알게 된다."

나는 대학 예비고사에 합격하고 본고사에도 당당히 합격했다. 참으로 얼떨떨하기도 하고 신기하기도 했다. '어떻게 합격할 수 있었을까?' 지금 생각해도 기적이었다. 나에게 인생의 터닝포인트였다.

Chapter 2

▲돌산도

09

촌놈, 대학생이 되다

스스로에게 의존하되,
남에게 의존하지 말라.
- 한비자

나는 그야말로 천신만고 끝에 서강대학교 경영학과에 입학했다. 1972년도에 돌산도 같은 시골마을에서 대학입학은 희귀한 일이었다. 당시는 전국적으로 대학 진학률이 높지 않았다. 1970년대 대학 진학률은 20%대에 불과하다. 실제로 교육부 통계에 의하면 1975년에 25.8%를 기록했다.

그 무렵은 다들 살기가 어려워서 고등학교 진학률도 그다지 높지 않았다. 1970년 고등학교 진학률은 남자 37%, 여자 24%에 그쳤다. 박정희 정부의 경제계발 중이어서 농촌 출신들은 대부분 중학교 정도만 마치고 서울 같은 대도시 공장에 일하는 것이 예사였다. 이른바 '공돌이', '공순이'라 불리던 산업 역군들이 탄생한 시대였다. 나도 그런 신세를 면치 못할 처지였다.

그런데 나는 무슨 연유로 대학에 진학했을까?

돌이켜보면 고집스런 선택이야말로 내 인생을 살아가는 올바른 선택이었다. 나는 평생을 농투서니나 공돌이로 살고 싶지는 않았다. 하지만 당시는 내 욕심 하나 때문에 부모님을 너무 힘들게 하는 것이 아닐까 하는 걱정과 죄스러움이 많았다. 부모님의 난감해 하시는 모습이 역력했다. 아버지의 연탄아궁이 사업이 사양 산업이 되어가고 있었다. 불행히도 내가 고등학생일 때였다. 아마 연료가 석탄에서 석유로 바뀌던 때였기 때문이리라.

아버지의 사업이 어려워지자 가세家勢가 급격히 기울었다. 급기야 입에 풀칠하기도 곤란한 농촌 살림으로 변해 버렸다. 그런 상황이니 대학 등록금 마련이 쉬운 일이 아니었다. 하지만 아버지께서 결단해 주셨다. 1,300평 되는 밭 중 300평을 팔기로 한 것이다. 바로 그 순간이 내 인생이 암울할 위기에서 벗어난 계기였다. 만약 그 순간이 오지 않았다면 훨씬 지금보다 초라한 삶을 살게 되지 않았을까? 돌이켜 생각해 보면 아찔하다. 돌아가신 부모님께 늘 백골난망白骨難忘이고 고맙고 감사할 뿐이다.

대학생이 됐다는 기쁨도 잠깐 이제부터 험난한 고학생 생활이 시작되었다. 우선 기거할 집이 없는 게 가장 큰 문제였다. 춥고 배고팠던 1970년대, 입주과외가 유행하던 때였다. 지방에서 서울로 올라온 대학생들에게 입주과외 자리는 요즘 젊은이들의 취업만큼이나 암암리에 경쟁도 치열했다. 입주과외란 대학생이 과외학생의 집에서 하숙 겸 상주하면서 수시로 학습과 생활지도 전반을 살펴주는 형태의 과외였다. 가난한 대학생은 입주과외를 통해 등록금+하숙비+용돈을 해결할 수 있었다.

1972년 3월 16일 동아일보 기사를 보면 그 당시 지방 출신 대학생들의 고충을 알 수 있다. 〈등록금 오르고 하숙비마저 뛰어, 이중고 겪는 지방 출신 대학생〉이라는 제목의 기사는 "서울에 있는 전체 대학생의 60%인 6만 3,000명 가량이 시골 출신 학생인데 새 학기 등록금과 하숙비가 올라 힘들어 하고 있다"고 보도했다. 마침 서울에 아무런 연고가 없던 나는 입주과외 외에는 다른 방도가 없었다.

고등학교 때 담임 선생님이시던 이형재 박사님께서 북아현동 한성중학교 수학 선생님으로 계셨다. 선생님은 당신이 담임을 맡은 중3 학생의 집에 나를 입주과외 선생으로 추천해 주셨다.

그때부터 오전에는 대학에서 강의를 듣고 도서관에서 복습하며, 저녁에는 과외 학습을 해야 하는 틀에 짜인 대학생활이 시작되었다.

아뿔싸! 나라 안의 정치·사회 등 여러 상황이 어수선해서 나의 대학생활은 시작부터 순조롭지 못했다. 그즈음 대학은 유신헌법 반대 투쟁 데모가 극에 달했고, 대학 교정까지 탱크가 진입하고 교문을 무장 군인들이 점거한 채 대학이 폐쇄되는 등 암담한 시절이었다.

박정희 정부는 1972년 10월 17일, 이른바 '10월 유신'이라는 것을 단행했다. 대통령 특별선언을 발표하고 국회를 해산한 후 정당 및 정치활동 중지 등 헌법의 일부 기능을 정지시키고, 전국에 비상계엄령을 선포했다.

계엄사령부는 포고령을 내려 정치활동 목적의 옥내외 집회 및 시위를 일절 금지하고 언론, 출판, 보도 및 방송은 사전 검열을 받도록 하며, 대학들을 휴교시켰다. 박 대통령은 "내가 죽거든 내 무덤에 침을 뱉어라"라고 말하면서 자신의 신념대로 '유신폭압독재'를 펼쳐나갔다.

보릿고개를 넘기며 경제발전에 어느 정도 성공을 거두자 박 대통령은 국가 통치에 어느 정도 자신감을 얻어서인지 자신만이 이 나라를 이끌어가야 한다는 권력욕과 아집에 휩싸인 듯했다.

농촌 출신인 박정희 대통령은 더 이상 가난한 나라에서 살고 싶지 않다고 혁명을 일으켰다. 1963년부터 1979년 10월 26일, 시해弑害될 때까지 다섯 차례에 걸쳐 5개년 경제계획을 추진하여 고도성장을 이룩했다. 그는 수출주도형 개방경제정책을 추진하여 한국이 경제 대국으로 가는 길을 닦았다.

박 대통령의 치적으로 가장 손꼽을 만한 것은 가난했던 한국을 경제 대국의 포문을 연 위인이라고 본다. 피 끓던 그 시절, 나도 다른 대학생들처럼 박 대통령을 타도해야 할 독재자로 보았다. 대학 생활의 낭만을 느끼기도 전에 나는 데모 대열에 가세하며 1년을 보냈다. 전국에서 '반독재, 반유신'을 외치는 대학생들의 시위는 계속되었다.

살벌했던 유신 시절이라 데모를 하다 끌려가는 학우들도 많았다. 겁도 난 반면 연일 이어지는 데모에 염증이 일었다. 얼마나 힘들게 입학한 대학이던가. 열심히 공부만 해도 성이 안 찰 터인데 데모로 허송세월을 보내자니 기가 찼다. 솔직히 데모는 내게 사치였다.

그런 와중에도 여대생과 미팅도 몇 번 했는데 그다지 기억에 남는 일은 없다. 1970년대 대학생들의 미팅이란 촌놈인 나로서는 다소 설레고 신기했으나 훗날 생각해보면 헛웃음이 날 정도로 밋밋했다. 미팅이 나쁜 것은 아니지만 싱겁기도 하고 무익한 거라는 생각이 들었다. 왜냐하면 고학생에 다름없는 나로서는 미팅에 드는 비용도 너무 부담스러웠다. 건전한 이성교제에 관심은 갔지만 내 처지에서는 언감생심이었다. 그때는 데이트 비용의 대부분을 남자 쪽에서 부담하는 게 상례라서 미팅에서도 나는 자유롭지 못했다.

대신에 나는 서예 서클 동아리 활동을 했다. 서예는 '서도書道'라고도 해서 바른 마음 자세로 글을 씀으로써, 글을 익히면서 정신수양도 함께할 수 있을 것 같아 좋았다. 나는 예술이나 미적 감각에는 둔감했지만 인생의 깊이를 쌓는 등 정신적인 것에는 몰두하는 편이었다.

우연히 마주친 서예에 빠져들었다. '도道'의 경지까지는 아니더라도 붓을 들고 한 획, 한 획 글씨를 써 내려가는 데서 심신이 차분해지고 정신이 고양되는 듯한 희열을 느꼈다.

특히 당나라 때 명필인 안진경顔眞卿에게 빠져들었다. 안진경은 당나라에서 그때까지 유행하던 왕희지의 부드럽고 우아한 서체를 남성적이고 강건한 서체로 서예의 흐름을 바꾼 불세출의 서예가였다. 그의 호방한 서체가 마음에 들어서 해서체 필사를 열심히 해가며 서도의 세계에 몰입했다. 서예동아리 회장도 하고 인사동에서 전시회도 했으나 최고의 경지까지는 몰두할 수 없었다. 소질이 없는 것을 발견하고 일찌감치 포기했다.

대학생이 된 후로 나는 극심한 가치관의 혼란을 겪어야 했다. 가장 큰 충격으로 다가온 것이 신앙의 문제였다. 나는 어린 시절부터 교회를 착실하게 다녔기에 기독교 신앙으로 다져져 있었다. 하지만 대학 1학년 때 나는 정신적인 방황을 했다. 대학 강의 시간에 기독교의 태동과 역사, 그 전개 과정을 배우며 기존 신앙에 회의를 느꼈다.

기독교 교리는 절대적인 것이 아니라 세상에 있는 여러 종교 중의 하나라는 것을 처음 알았다. 기독교는 무조건적인 사랑의 종교인줄 만 알았는데 유일신 '하와'를 믿지 않으면 잔인하게 내치는 종교이기도 했다. 사막지대인 중동지역의 태어난 종교이기 때문에 그런 환경 속에서 사는 사람들을 위한 종교이기 때문에 산수가 수려하고 사계절이 뚜렷한 고장에서 살아가는 우리에게는 잘 맞지 않는 구석이 많다는 것도 새삼 깨달았다.

두 번째 충격으로 다가온 것은 여성관이었다. 대학 생활을 하면서 종교뿐만 아니라 여자를 보는 시각도 많이 달라졌다. 그 원인으로 대학 서예 서클에 들어가서 선배들과 어울려 술집에 끌려 다니면서 여성을 보는 눈이 급격하게 변했다고 생각한다.

대학생이 되었으나 나에게 여자는 신비로우면서도 두려운 존재였다. 어수룩한 촌놈인 나에게 화려한 패션에 세련된 매너를 지닌 서울 여대생들은 너무 먼 존재들인 것만 같았다. 자격지심이랄까? 그녀들은 다 부유한 집에 사는 것 같았고, 평범한 나로서는 범접할 수 없는 이방인 같았다.

지금과 달리 청소년기의 나는 무척 내성적인 성격이었다. 영화 배우나 모델처럼 특별히 잘난 이들을 빼고는 젊은 날에는 누구나 자신의 신체에 대한 불만과 콤플렉스가 있다고 한다.

영국의 런던 정치경제대학교LSE 사회학과 교수를 지낸 캐서린 하킴Hakim은 '매력자본Erotic Capital'이라는 개념을 만들어냈는데 나도 그 논리에 공감한다. 고전 경제학의 관점에서는 경제자본, 문화자본, 사회자본 등 세 가지 형태의 자본이 있다. 그런데 캐서린 하킴은 거기에 매력자본이라는 한 가지 자본을 추가했다. 그는 자신의 저서 『매력자본』에서 '아름다운 용모와 성적 매력, 자기 표현 기술과 사회적 기술이 합쳐진, 애매하지만 정말 중요한 자본'이라고 매력자본을 정의했다.

사실 한국 여성이 세계에서 가장 많이 성형수술을 하고 있다는 조사 결과가 나올 정도로 우리나라처럼 외모지상주의가 지배하는 나라는 별로 없을 것이다. 외모가 곧 경쟁력으로 평가받는 곳이 연예계뿐만은 아니다. 취업이나 진학, 결혼 등 삶의 중요한 순간마다 외모는 개인의 중요한 평가 기준으로 작용하고 있다.

대학생 시절에 나는 소위 말하는 매력자본이 절대적으로 모자란다는 생각을 하고 있었다. 키도 작고 시골틱한 얼굴과 못 먹고 자란 모양새로는 어딘가 대놓고 대어들 숫기가 없었던 것이다

내 생각에 여자는 어머니 같은 존재로만 생각했다. 그러나 선배들을 따라다니며 여자를 보는 눈이 조금씩 변해갔다. 나이를 먹어가면서 철면피가 되어 가는 것인가. 2학년 1학기까지 서예 서클 회장도 하며 차츰 세상물정을 알아갔다. 내성적 성격에서 벗어나

세상을 보는 눈이 생겼고, 그래서인지 약간의 리더십도 생겼다.

한 여학생을 짝사랑하기도 했으나 그것으로 그쳤다. 앞에서 말했지만 대시할 용기가 없었다기보다 마음의 여유도 없었고 경제적으로도 피곤한 일이었다. 모든 것이 고학생인 나에게는 부질없는 상상이자 그림의 떡이었다.

2학년 1학기 직전에 내가 맡은 입주과외 학생이 고등학교에 무사히 진학했다. 어느 날 주인집에서 퇴거하라는 통보가 왔다. 예상은 했으나 나에게는 그 통보가 날벼락 같은 비보였다. 또 한 번 세상의 벽을 만났다. 내가 가르친 학생이 진학에 성공한 것이 기쁜 일이 아니라 거처를 잃고 밖으로 내몰림을 당하는 슬픈 일이 될 줄이야.

이때부터 2학년 1학기가 끝날 무렵까지 나에게는 악몽의 시간이었다. 그야말로 동가숙서가식東家宿西家食인 생활이었다. 먼 친척 집에서 하룻밤, 친구 집에서 하룻밤씩 돌아다녀야 하는 처량한 신세가 된 것이다. 그렇게 나는 세상살이의 냉엄함에 눈을 뜨고 어려움을 터득해 갈 방법을 모색해야만 했다.

정말 서울에서 방 한 칸 구하는 일은 쉽지 않았다. 훗날 나는 박영한의 『지상의 방 한 칸』이란 소설을 읽고 깊이 공감한 적이 있다. 그 '방 한 칸'을 찾아 헤매는 주인공 '나'의 여정은 슬프고 고통스럽다. 소설가 박영한의 자전적 소설이라 볼 수 있는 『지상의 방 한 칸』은 주인공인 소설가가 조용한 방을 구하기 위한 노력과

수고에 관한 이야기이다. 이 소설에서 '지상의 방 한 칸'은 작가가 온전히 글에 집중할 수 있는 '방 한 칸'을 뜻한다. 그런데 나는 글 쓰기 위한 방도 아니고 내 몸 하나 누일 공간조차 없었던 낙엽 같은 존재였으니 참으로 가여운 일이었다.

문제는 몇 날 며칠이 지나도 입주과외 자리가 구해지지 않았다는 점이다. 나는 정말 지쳐가고 있었다. 심지어는 대학을 포기하고 싶은 생각마저 들 정도였다.

일주일을 라면만 먹고 지내기도 했는데 눈물 젖은 라면이라 그때는 라면 냄새조차도 싫었다. 저녁 때가 되면 구수한 쌀밥 냄새가 그리웠다. 모르는 동네 골목길에서도 그런 냄새를 느낄 수 있었다. 무엇보다도 먹을 것이 절실했던 탓이리라.

고은高恩 시인은 "배가 고파 울어 보지 않은 자는 세상을 논할 자격이 없다"하였으나 나는 배가 고파 우는 자는 세상을 살아갈 자격이 없다는 생각을 한다.

견디지 못한 나는 결국 2학년 1학기를 마치고 시골집으로 낙향해 군에 입대하기로 결심했다.

10

2년을 앞당겨준 군 복무

인간은 누구나
다 자연의 단 한 번뿐인 귀중한 실험이다.
- 헤르만 헤세 『데미안』에서

군 입대를 결심할 때 나는 심신이 모두 지쳐 있었다. 오로지 입대를 탈출구로 삼았다. 빠져나갈 비상구조차 없는 현실보다 군대가 훨씬 나을 성 싶었다.

당시 나는 한편으로는 은총과 축복을 받고 살고 있다는 생각을 하기는 했지만, 심신이 지친 나머지 이유 없이 모든 것이 힘들고 두렵고 피하고만 싶어졌다. 군에 입대하면 의식주 걱정은 안 해도 되고, 어느 정도 적응하고 나면 정신적 여유도 생길 것이라고 믿었다. 그것만이 무기력해진 나를 재충전할 단 하나의 방법이었다.

대한민국에서 군대를 가기 위해서는 우선 신체검사 요청 통보를 받은 후 신체검사를 받아야 한다. 병역법상 군대에 갈 나이가 되어도 대학 재학 중이면 퇴학, 휴학 등의 학적 변동이 없는 한 신체검사와 입영은 연기가 가능했다. 또한 정상적으로 입대하려면 징병검사 20일 전에 징병검사통지서를 받으며 입영통지서는 입영 30일 전에 받는다.

통보가 와도 신체검사를 받지 않으면 다음 해로 군 징집이 계속 연기된다. 그러던 중 어느 해 징집 신체검사를 받지 않으면 현행범으로 체포되도록 병역법이 개정되었다. 권력층이나 기득권 계층의 자제들이 연령 위조, 허위 질환 신고 등으로 병역기피 행위를 하고 있는 것을 차단하기 위한 조치라 했다. 당시는 병역기피자가 너무도 많았던 때였다.

병역기피는 해방 이후 한국 사회가 친일 역사 청산을 제대로 하지 못한 탓에 사회의 고질병이 되었다고 생각한다. 게다가 자본주의의 병폐인 '만인에 대한 만인의 투쟁' 사회로 바뀌면서 수단과 방법을 가리지 않는 기회주의 사회가 되어가고 있었다. 늦게나마 정부는 그런 조치를 단행했던 것이다.

그동안 신체검사를 받지 않았던 많은 청년들이 신체검사를 받으러 한꺼번에 몰려들었다. 그래서 나이가 조금만 많아도 보충역으로 편입하게 되었는데 나도 그 덕을 보게 되었다.

대한민국의 건강한 남자라면 누구라도 다녀와야 하는 군대를 내가 피할 생각은 추호도 없었다. 젊어서 고생은 돈 주고도 살 수 없는 소중한 경험이라 하는데 그것을 스스로 발로 차버리는 청년들이 많다는 사실이 믿어지지 않았다. 사회생활을 하면서 수많은 사람들을 만나왔지만 군대를 경험한 사람과 그렇지 않은 사람하고는 분명 차이가 난다. 군에 갔다 오지 않은 자는 어려운 일이 닥치면 우왕좌왕하지만, 군 경험자는 두려워 떨기보다는 문제의 근본을 파고 들어가 해결하려는 태도를 보이는 경향이 강하다. 또 실패했을 경우에도 차이가 난다. 군대에 갔다 온 자는 다시 일어서려는 의지가 강하지만, 그렇지 않은 자는 스스로 주저앉고 만다. 미국교포에게 들은 말인데, 미국 대기업에서도 임원으로 성공하는 자들은 대개 군 경험자라고 했다.

유도를 배울 때, 가장 먼저 배우는 것이 있다. 메어쳐서 바닥에 떨어질 때 충격을 완화하기 위해 낙법을 배워야 하는 것이다.

'참나무 같이 저항하지 말고 버드나무처럼 휘어져라.'

이것을 배우지 못하면 유도를 헛배우는 것과 마찬가지다. 인생을 평생 순탄하게 살아갈 수만은 없다. 유도를 배울 때 낙법을 배워야 하는 것처럼 인생의 회복탄력성을 얻기 위해서 군 경험은 매우 소중한 자산이 아닐 수 없다.

늦은 여름인 9월 초. 광주 상무대에 입소했다. 체질적으로 땀이 많은 편이었던 나는 훈련소에서 지급해준 러닝셔츠를 지시도 없는 상태에서 먼저 갈아입었다. 아뿔싸! 그런데 그게 문제를 일으켰다. 입소 시 정문에서부터 헤쳐 모여를 외치며 오리걸음 등의 얼차려로 초장에 군기를 잡던 내무반장이 내무반에 나타나 관물 정리하는 방법을 가르쳐 주다가 벌써 러닝셔츠를 갈아입은 나를 발견했다.

내무반장이 사나운 눈초리로 나를 훑어보더니 기분 나쁘게 빙긋이 웃으며 말했다.

"신병, 너는 여기가 너희 집이라도 되는 줄 아는가? 손 내밀어."

내가 소위 군기잡기 위한 시범 케이스에 걸려든 셈이다. 내무반장은 약 20cm 되는 참나무(?) 작대기로 내 손바닥을 사정없이 후려쳤다. 열 대나 맞고 나니 손가락에서 피가 나고 통통 부어올라 주먹을 쥐었다 폈다를 할 수 없을 정도로 아팠다.

희한하게도 그 내무반장이 응급처치를 해주었다. 그는 보기보다 심성이 여린 사람이어서 미안했던지 이렇게 말했다.

"힘들지? 잘할 수 있어! 열심히 적응해."

순간 나는 울컥해서 눈물이 맺혔다. 이렇게 맺어진 인연으로 그는 나에게 약간의 보은을 베풀었다. 나는 내무반장 덕분에 우리 중대 기수가 되어 훈련할 때 약간 덕을 보았다.

사격훈련 시에는 안전을 위해 군기가 엄격했다. 사격장으로 이동할 때 오리걸음 등을 시켜 긴장감을 줄 때도 나는 기수로서 맨 앞에서 유유히 걸어갔다. 손바닥 맞은 대가치고는 룰루랄라였다.

동료들은 대부분 군 생활을 상당히 힘들어하는 것 같았지만 난 별로 그렇지 않았다. 가만히 관찰해보니 대체로 농촌 출신들이 군대생활에 잘 적응하는 것 같았고, 부잣집 아이들은 힘들어하는 것 같았다. 문제가 생기면 농촌 출신들은 스스로 해결하려는 경향이 강한 데 반해, 도시 출신들은 집으로 연락하여 부모님을 개입시키기도 했다. 성인으로 성장해서도 부모에게 의지하는 도시 청년들이 한심스러웠다. 앞으로 인생을 살면서 힘든 고비를 많이 넘어야 할 텐데, 그때마다 부모에게 의지하겠다는 뜻으로 비쳤다.

비가 오는 어느 날, 내무반 교육이 있었다. 교육 내용 중 은폐 엄폐가 있다. 사격 시 자신의 모습을 숨기는 관측 회피 방법으로

5가지 방법이 있다고 교련시간에 여러 번 배웠다.

교육 시간에 다섯 가지 방법을 간단히 외웠다. 건물을 그려놓고 건물 모습 각각에 대입해서 외우면 쉽게 암기할 수 있는 쉬운 방법이다.

저녁 9시 '점호'가 시작되었다. 내무반장 황 하사가 큰소리로 소대원 전체를 일으켜 세웠다. 순간 우리는 조용했다.

"오늘 낮에 배운 은폐·엄폐를 외울 수 있는 사람 손 들어봐."

분위기가 사뭇 위압적이었다. 누군가 하지 않으면 단체 기합을 받을 것 같아 나는 손을 반쯤 올리고 눈치를 살폈다. 황 하사가 나를 지목했다.

"외워 봐"

나는 목소리가 제대로 나오지 않아서 기어 들어가는 소리로 외웠다. 내무반이 조용했다. 목소리는 작았지만 틀리지는 않은 모양이었다. 황 하사는 가타부타 말이 없이 내무반을 나갔다. 내가 소대원을 구했다는 안도감에 흐뭇했다.

그 이후로 나는 또 다른 여러 문제에 봉착했다. 요즘처럼 민주화된 군대가 아니라 말도 안 되는 명령에도 절대복종해야 하는 비인간적인 군대였기 때문이다.

사람에게는 여러 가지 기질이 있는데 나는 앞에 나서는 편은 아니었다. 그런데 너무 강압적인 부대 분위기 때문에 소대원 전원이 많이 위축되어 있었다. 그 속에서 나도 모르는 사이에 리더십이 발휘되었던 것 같다. 나는 부대원들에게 내려진 어려운 과제를 솔선수범하며 어려움에 부딪혔다. 말하자면 나는 사격훈련, 달리기, 각개전투 등 개인 기량을 다퉈야 하는 훈련에서 무조건 1등을 해야 하는 멍에를 짊어진 꼴이었다.

어느 정도 군 생활에 익숙해지고 난 뒤에야 그것이 노련한 황 하사에게 말려들었음을 알았다. 이게 작전이었다는 걸 알게 되자 쓴웃음이 나왔다.

2주일 후 일요일이 되면 소대원 중 교회 갈 사람은 단체로 교회에 갔다. 어려서부터 교회를 다닌 나에게 교회는 마음이 안정되는 신성한 장소였다. 모처럼 성가대의 찬송가 소리를 들으니 가슴이 벅차고 눈물마저 핑 돌았다.

그때 멀리서 피아노 치고 있는 여성이 천사같이 보였다. 여성이 천사처럼 보이는 것은 그때가 처음이었다. 중학생 무렵에 읽은 앙드레 지이드의 『좁은 문』에 나오는 여주인공 알리사와 같은 여인이라는 생각이 불현듯 들었다. 나는 왜 이름도 모르는 그녀를 알리사라고 연상했을까? 『좁은 문』의 주인공 제롬은 청순한 사촌누이 알리사에게 연모의 정을 품었다. 제롬에 대한 알리사의 사랑은 천상의 사랑 같은 것이었다. 나는 만약 그녀가 나를 알게 되더라도 알리사와 같은 천상의 사랑을 하는 여인일 것이라 단정했다.

현실에도 알리사와 같은 여인이 존재하고 있다니! 나는 예배에는 별 관심이 없었고 천사 같은 그녀를 바라보기에만 정신이 없었다. 하얀 원피스 차림에 그녀의 날씬하고 반듯한 자태는 무척이나 사랑스러워 보였고 영락없는 천사였다. 거기에 날렵한 그녀의 손가락이 건반 위에서 춤을 추니 피아노의 선율이 마구 나의 심금을 울렸다. 피아노와 그 여성이 울려대는 음악이 나로 하여금 천상天上을 응시케 한다.

그때 어디선가 읽은 듯한 시 한 구절이 머릿속에 떠오르기도 했다.

피아노에 앉은
여자의 두 손에서는
끊임없이
열 마리씩
스무 마리씩
신선한 물고기가
튀는 빛의 꼬리를 물고 쏟아진다.

그러나 그 여성과의 조우는 그것으로 끝이었다. 이름도 모르고, 성도 모르고, 얼굴도 잘 모르는 신기루처럼 지나간 천사였다.

3주 훈련을 마치고 시골집으로 내려가 돌산 위험지역 경계 초병으로 매일 밤 보초를 서는 생활이 1년 동안 계속되었다. 세월은 더디게 흘러갔다. 아마 내 생애를 통해서 그때만큼 하루하루가 지루하게 느껴진 적은 없을 것이었다.

낮에는 동사무소에 있다가 저녁에 약 10km 떨어진 경계 초소에서 밤새워 경계를 보는 초병 생활이었다. 그러나 아무리 지루한 장마도 끝내 물러가고 말듯, 그러한 세월도 한 걸음 한 걸음 내

곁을 지나갔다.

다음 해 8월에 군 복무가 끝났고 나는 다시 대학생이 되었다. 당시는 군 복무가 3년이었다. 다행히 나는 2년 동안의 공백을 메울 수 있었다. 중학교 진학 1년 지연, 재수 2년으로 3년이 뒤처진 상태였는데 사회생활 2년을 따라잡았다. 3년 동안 군대 생활한 현역병들에게는 항상 미안한 생각이 든다.

11

Thank God!

진정 기도하는 자는 아무것도 원하지 않는다.
어린아이가 노래하듯이 고뇌와 감사를 중얼거릴 뿐이다.
- 헤르만 헤세

나는 고등학교를 졸업할 때까지 열렬한 크리스천이었다.

돌산의 시골집 바로 앞에 교회가 있었다. 평사감리교회인데 그 교회는 지금도 그 자리에 있다. 집 앞에 교회가 있었던 때문인지 부모님들은 독실한 신도였고 우리 형제들도 교회를 열심히 다녔다. 다녔다기보다는 교회는 당연히 다녀야 하는 곳이었고 교회나 기독교 신앙에 대한 생각은 모태신앙이나 다름없었다. 아버지는 매일 아침에 새벽종을 직접 치는 교회 집사를 맡고 계셨으니 오죽했으랴.

초등학교 때는 크리스마스 때 선물을 받는 것이 유난히 좋았다. 어머니는 제사를 못 하게 하는 것과 아무리 기도해도 가난을 면치 못하는 우리 집 살림에 대한 불만으로 교회를 싫어하시는 것 같았다.

하지만 우리 집안은 교회에 다니는 친척이 많았다. 여수에 사는 작은 고모부는 교회 장로이셨다. 아마도 고모부가 우리 식구를 전도했을 것이다. 나는 중학생 때 열렬한 크리스천이 되었다. 중학교 때는 고모부의 영향을 받아 신약, 구약 성경을 통신 교육으로 이수하고 새벽기도도 매일 참석했다.

미션 스쿨로 진학한 것이 나의 신앙생활의 절정이었다. 나는 인덕대학교 기숙사 뒤편 매봉중학교 언덕에서 기도하는 것을 좋아했다. 기도는 나의 불안한 마음을 동여매 주고 미래를 응시하게 만드는 힘이 있었다. 성경 『집회서集會書』에는 “겸손한 사람의 기도 소리는 구름을 꿰뚫는다”는 말이 나온다. 나는 아침 기도로 하루를 열고 저녁 기도로 하루를 끝내야 한다는 신념을 가졌다.

예수와 초대 교회 사도들의 삶을 살펴보면, 누구보다도 기도의 중요성을 강조하고 있다는 것을 쉽게 알 수 있다. 특히 예수께서는 기도를 이론으로 설명하여 가르치지 않고 직접 행동으로 본을 보였다.

신약의 사복음서(마가, 마태, 누가, 요한)에는 ‘기도하라’는 동사형 명령을 48회나 사용한다. 이는 구약 39권 전체 횟수의 반이 넘고 사복음서를 제외한 신약 23권에 기록한 횟수와 거의 맞먹는 횟수다. 이와 같이 예수께서는 기도를 중요시 여기셨으며 또한 스스로 기도생활에 열심이셨다. 나의 기도 생활은 예수의 기도 생활에서 본받은 바가 많다.

3년 동안 교회학교에서 반사(교회학교 성경 선생님)로 초등학생을 이끌기도 했다.

그렇게 하지 않으면 죄가 인간으로 하여금
기도를 그만두게 할 것이다.
왜냐하면 기도는 영혼의 방패요,
하나님께서는 희생 제물이요,
사탄에게는 채찍이 되기 때문이다.

-존 번연-

나는 일요일에 교회를 나가지 않으면 죽는 줄로 생각했었다. 고등학교 동창인 정봉수의 부친이 목사님이셨다. 교회 사택에 사는 봉수네 집을 자주 찾아갔다. 봉수의 부친이신 정 목사님의 경건한 생활과 교회와 교인을 위한 헌신과 희생은 나의 표상이었다. 그분의 말씀은 사려 깊었고, 행동은 웅숭깊었다. 그분과의 교류는 나에겐 큰 감동이었다.

크리스마스 때는 군자교회(정봉수 목사 고향 교회)에서 새벽 송을 돌았다. 여학생 친구들과 어울렸고 같이 보낸 시간들은 평생 잊을 수가 없다.

기독교 신앙은 청소년기의 자아 형성에 결정적 영향을 미쳤다. 기도할 때마다 다른 사람을 돕고 사랑할 수 있도록 강구했다. 최선을 다해 살기를 늘 기도했다. 공부를 열심히 하는 목적이기도 했다.

기독교 신앙을 통해 긍정적인 자아가 형성되었다고 생각한다. 자신을 신뢰하고 미래를 위해 즐거운 마음으로 노력하고 타인에게 너그러워지며 주위 사람들과 원만한 관계를 유지하는 태도의 형성이다.

직장생활에서 리더십을 발휘할 때 어떤 방법의 리더십이 바람직한지 생각할 때가 있었다. 리더십 스타일은 대체적으로 관리자형 리더십과 강압적 리더십이 있다. 나의 경우 관리자형 리더십에 가까운데 동기부여를 위한 리더십 정도로 구분할 수 있다.

나는 늘 부하 직원들에게 온정적, 관용적이며 솔선수범하는 자세를 견지했다. 이런 리더십은 나에게는 조금 불만이었다. 왜냐하면 강압적 리더십을 가진 스타일의 리더가 회사에서는 더 빨리 성장하고 출세하는 것처럼 보였다. 이와 같은 리더십 스타일은 나의 기독교 신앙의 영향이 컸다고 생각한다.

기독교基督敎는 그리스도교의 한문 음차 기리사독基利斯督교를 줄여 발음한 말이다. 기독교는 개신교, 천주교, 동방정교회 등을 모두 포함한다. 한국에서는 천주교와 기독교로 구분하는데 개신교가 기독교인 것처럼 오해하여 부르고 있다고 한다.

개신교는 자본주의의 원류다. 프랑스의 종교개혁가 칼뱅(1509~1564)이 천주교에 대항protest하여 창설한 프로테스탄트protestant 사상부터 시작되었다.

구교인 천주교의 구원 확정설에 비해 구원받을 자와 멸망에 이를 자는 영원한 옛날부터 신에 의해 결정되어 있다는 구원 예정설이다.

사후에 하늘나라에서 신에 의해 구원받을 수 있는지 여부가 예정되어 있을 뿐이지 누구도 인간에게 구원이 확정되어 있지 않다는 사상이다. 따라서 살아생전에 엄격한 도덕 준수, 신성한 주일

엄수, 향락의 제한, 금욕주의의 생활을 해야 한다고 주장하여 청교도혁명(1642~1649)으로 이어졌다.

영국의 청교도들은 종교 박해를 피해 미국으로 이주하여 미국 자본주의와 민주주의의 기초가 되었다. 개신교가 구한말에 미국 선교사들에 의해 한국에 전파되었다. 수많은 엘리트 선교사들에 의해 교회, 학교, 병원이 생겼다. 한국이 근대사회로 가는 데 결정적인 역할을 그들이 했다고 생각한다.

근면, 검소하라는 기독교 정신은 근대 한국인의 정신세계에 대부분 영향을 주었다고 생각한다. 근면하고 검소하게 생활하면 자본이 쌓여 사유재산이 불어나서 자본주의가 태동했다고 한다.

개인 재산의 증가는 전적으로 인간의 이기적 본능에서 비롯되었다. 사유재산의 증가는 만인에 대한 만인의 투쟁을 막으려고 일정부분 사회 계약, 즉 국가가 일정부분 사유재산을 보호해 주는 민주주의 제도가 탄생됐다는 것이다.

인간에게 가장 기본인 청교도 정신은 어느 시대에나 있었으나 자본주의와 민주주의가 시작되던 한국 사회에 상당 부분 영향을 주고 한국이 기독교 문명에 편입되는 계기가 되었다고 생각한다.

근대近代 이전에는 직업이 사람의 귀천을 나누었다. 조선은 사농공상士農工商, 서양의 중세는 성직자, 기사가 상공업자와 농민들을 착취 지배하는 사회였다. 이런 사고방식은 근대 자본주의 시대에 뒤집혔다. 어떤 일을 하느냐가 중요한 게 아니라 자신에게 주어진 일을 어떻게 하느냐가 핵심이다.

사람은 성실하고 분명하게 일함으로써 스스로 고귀한 존재가 될 수 있다. 오늘날 당연하게 여기는 직업윤리다. 모든 직업이 평등하다는 것. 따라서 어떤 일이든 성심성의껏 해야 된다는 것과 동시에 자신의 운명을 개척할 권리와 의무를 지닌다는 말이다. 직업윤리는 자본주의뿐 아니라 민주주의 근간을 이루고 있다고 생각한다.

막스 베버(1864~1920)는 자본주의 정신과 직업윤리의 기원을 개신교에서 찾았다. 막스 베버는 『프로테스탄티즘 윤리와 자본주의 정신』이라는 책에서 왜 프로테스탄트 사회가 가톨릭 사회보다 경제적 우위를 차지하게 되었으며, 그것이 성공적인 자본주의 정신을 탄생시켰는가를 다각도로 분석하고 있다. 그는 특히 신대륙 미국에서 자본주의가 현란하게 꽃 핀 것을 프로테스탄티즘 때문이라고 설파했다.

자본주의 자체는 세계 각지에서 발생한 현상이지만 자본주의의 바탕에 소명 의식과 직업윤리를 도입한 것은 개신교 문화권인 서구에서만 벌어진 일이었다고 주장했다. 나는 전적으로 동감한다. 나는 독서와 신앙심을 통해 자연스럽게 이러한 사실을 터득해 갔다.

나는 정 목사님의 추천으로 감리교 신학대학교에 갈 뻔했다. 나는 자신감이 부족했다. 목사님같이 경건한 생활을 평생 동안 해나갈 자신감이 없었다. 재수 생활을 하면서부터 나의 신앙심은 조금씩 금이 가기 시작했다. 호구도 해결하기 어려운 상황에 교회를 나가기가 어려웠다. 아마도 가난한 나를 왜 하느님이 도와주지 않을까 하는 반감이었을 지도 모른다. 일요일에 교회를 반드시 나가는 주일主日을 지키지 않아도 크게 불편하지 않았다.

대학교에서 종교학이라는 수업을 통해 기독교 역사를 공부하면서 종교에 대한 환상이 조금씩 사라졌다. 역사를 배우면서 신비감이 약간 사라져 갔다. 마음 깊은 곳에서 우리를 감동시키며 경외감을 불러일으키는 것이면 무엇이든 종교적인 것이란 깨달음도 얻었다.

세계 대부분의 종교들은 황무지에서 태어났다. 물도 음식도 없는 땅. 그러나 안식 속에서 우리는 놀라운 진리를 깨닫는다. 직장생활을 하면서 교회가 금지하는 행동을 할 수밖에 없었다. 그러나 나는 기독교 신앙으로 태어난 인간이기에 갈등했다.

12

당구 한 번 쳐보지 못한 대학생활

이 세상에는, 힘과 재능이 부족해도
열심히 노력하면 적절한 보상을 받는다는,
진실로 기뻐할 만한 법칙이 있다.
-아놀드 토인비

나는 대학에서 경영학을 전공했고 경제학은 부전공이었다. 경영학과는 회계, 원가, 재무, 인사관리 그리고 생산관리와 마케팅을 배우고 감사, 노동관계 상법과 경영관리 등 회사 운영에 대한 전반적인 경영이론을 배웠다.

여러 과목 중에서 회계는 정말 이해하기 힘들었다. 직장에 들어가서 실무를 접하면서 비로소 학교에서 배운 것들이 이해되고, 그것이 실무에 큰 도움을 주는 것이어서 배움의 중요성을 새삼 깨달았다.

경제학 부전공은 경제원론, 미시경제, 거시경제 그리고 금융경제 등 경제학에 대한 기본 소양을 배웠다. 직장생활을 하면서 전공 못지않게 부전공의 필요성을 느꼈다.

더불어 무역실무와 무역 영어를 수강했는데 실무에 많은 도움이 되었다.

훌륭한 삶이란 후회 없는 삶을 살았다는 데 의미가 있다고 생각한다. 삶이 자기 뜻대로 되는 것은 아니지만 후회 없는 삶은 많은 돈을 벌거나 높은 자리에 올라 출세하는 것보다도 스스로 만족하며 삶을 영위하느냐에 달려 있다고 생각한다. 대학을 간 이유를 나중에야 알았지만 조금 더 만족스런 삶을 살기 위한 몸부림이었다고 볼 수 있다. 나는 뭔가 이루어야 한다는 꿈을 꾸며 살았다.

우리가 이 세상에 태어날 때는 타고난 재능, 즉 달란트talent라는 것이 있다고 한다. 그것은 내가 아니면 다른 사람이 못하는 일, 자기만이 꼭 하고 싶은 일이라고 표현하곤 한다. 모차르트처럼 그것을 일찍 알아챈 사람들을 천재라고 부른다. 하지만 나는 꼭 무엇이 되어야 한다는 재능 같은 것을 느끼지 못하고 겨우겨우 대학생이 되었다. 안타깝게도 달란트 같은 것을 생각하고 느낄 겨를이 없었다.

나에게는 천재적인 재능이나 그런 꿈은 없었으나 노력하면 잘될 거라는 확신은 언제나 간직하고 있었다. 매사에 긍정적이고 적극적인 자세가 결과를 훌륭하게 만들 수 있다고 믿었기 때문이다. 아마도 이 긍정 마인드가 나의 달란트가 아닐까 싶다.

삶에는 수많은 길이 있지만 대학을 나와야겠다는 나의 생각은 치열한 생존경쟁에서 살아가기 위한 조그만 돌파구였다. 촌놈인 내가 대학을 졸업해서 당당한 사회의 일원이 되는 것이 꿈이었고 그것이 성공이라고 생각했다. 그것은 거의 노력의 대가다. 누구에게나 기회는 주어진다. 성취란 어떤 노력을 해서 자기 것으로 만드느냐에 달려 있다고 생각한다. 삶을 가치 있게 만들려고 하는 열망, 노력을 하면 언젠가는 기회가 찾아오리라.

"도전하지 않으면 성취란 없다."

영국의 역사학자 아놀드 토인비는 역사의 과정을 '도전과 응전'이라고 정의했는데 나는 그 말을 무척 좋아한다. 내가 그분의 방대한 역사책을 섭렵한 것은 아니지만 그가 남긴 '도전과 응전'이라는 말은 묘한 매력으로 나를 끌어당긴다. 그것은 아마 삶에 있어서 어떠한 도전이 닥쳐오면 그 도전에 대해서 적극적이고 창조적인 도전을 해야 한다고 믿기 때문일 것이다.

토인비는 평생 동안 인간의 역사를 연구한 결과 완성한 『역사의 연구』란 책에서 모든 문명, 문화는 역경의 소산이라는 이른바 역경설adversity theory을 주장했다. 말하자면 인간의 역사는 도전해 오는 적에 대응해서 응전한 과정이라는 것이다.

그는 인류 문명을 개척하고 만들어낸 민족들이 따뜻하고 온화한 땅에서 살던 민족이 아니라, 사실은 모두 불리한 자연환경 속에서 자연재해와 고난과 역경을 딛고 올라가는 과정에서 문명이 꽃을 피웠다는 것을 밝혀낸 것이다.

그 예로 이집트는 나일강이 비만 오면 범람하는 고난과 역경을 이겨내면서 수학과 기하학을 발전시켰고, 그런 기초과학 위에 피라미드를 세우는 등 고대 문명을 꽃피울 수 있었다는 것이다.

우리는 인생의 출발점에서 무슨 일인가를 시작하려고 한다. 자신이 꿈꾸는 삶에 자신이 충분히 도전할 만한 힘이 있는가를 판단하는 일은 매우 중요하다. 사려 깊은 통찰력으로 자기 자신의 능력을 확인해 보아야 한다.

어떤 조사에 의하면 성공한 사람들의 95% 이상이 어린 시절과 젊은 시절을 불우한 환경 속에서 보낸 사람들이었다고 한다. 사람은 누구에게나 조금씩의 장애가 있고, 고난이 있고, 콤플렉스가 있다. 사람이 성장한다는 것은 어찌 보면 그런 어려움을 이겨내고 풍요로운 정신을 만들어 내는 과정일 것이다. 고난은 이를 극복하고자 하는 사람에게는 이미 고난이 아니다.

역경설에 의하면 환경에 도전하려는 의욕과 투지를 가진 사람만이 살아서 문화를 창조할 수 있었고, 환경에 순응하려고 꾀하고 도전할 각오를 상실한 인간은 결코 성공을 거둘 수 없었다. 이렇듯 시련은 그것 나름의 의미를 지닌다.

초년병 시절에는 아무리 강점을 살리고 회사에 공헌할 목표를 정해놓고 노력을 기울여도 큰 성과를 올리지 못하는 경우가 많다. 온종일 그 일에 매달려 노력을 기울여도 아무것도 낚지 못할 수도 있다. 그것은 일의 성질을 잘 모르고 의욕만 앞서 일을 서두르는 등 커리어의 부족으로 일어나는 현상인 경우가 많다. 그럴 때 의기소침해서 포기하면 안 된다. 만일 그 일이 성공하지 못하더라도 계속 시도해야 한다.

인생은 누구에게나 특별한 계기가 있다고 생각한다. 나의 삶은 열정과 도전의 연속이었다. 나는 초등학교, 중학교, 고등학교 때 공부 잘하는 축에 들었다. 또 공부 잘한다는 말을 들을 때마다 나는 특별한 동기를 부여 받았다. 부모님과 친척들의 기대를 저버리지 않아야 된다고 생각했다. 또 가난을 피하고 싶었다. 미래에 대한 긍정적인 생각이 기적을 만들어 낼 수도 있다고 생각했다. 시련을 딛고 용감하게 도전한 사람만이 자유인이 되어 성공할 수 있다는 것이 나의 믿음이었다.

이미 밝혔지만, 나의 대학생활은 자유와 낭만으로 가득한 대학생활과는 거리가 멀었다. 대학 캠퍼스에는 억압과 폭력이 사라지지 않았고 복학 후에도 내 개인 사정은 나아지지 않았다.다른 학생들은 술을 마시고 담배를 피우며 당구장 등에 드나들었지만 나는 자장면 한 그릇 마음 놓고 사 먹을 처지가 아니었고 당구장 한 번 가지 못한 암울한 시절이었다. 나는 대학생이면서도 밑바닥 가난의 웅덩이에 빠져 헤어날 길이 보이지 않았다.

불미스런 처지처럼 자꾸만 안으로 움츠러드는 자신을 애써 외면하며 외향적이고 적극적인 성격으로 바꾸고 싶었다. 이 결심은 내 생애의 중요한 전환점이 되었다.

13

신입사원의 꿈

사람은 그가 어떤 사람인지 보여줘야
더 나은 사람이 된다.
- 안톤 체호프

1978년 나는 대학을 졸업했다. 군 생활이 짧았던 덕분에 같이 입학한 동기들보다 1~2년 먼저 사회에 진출할 수 있었다. 중학 1년, 대학 2년 재수하느라 잃어버린 시간을 상쇄하고도 남았다.

당시는 경제 성장이 급격하게 진행되던 때여서 원하는 직장은 어디나 갈 수 있었다. 수차에 걸친 경제개발 5개년 계획의 성공 덕분에 산업화에 성공한 대한민국호는 신흥 산업국 대열에 올라서 있었다. 이 과정에서 율산그룹, 명성그룹 같은 수많은 신흥기업들이 등장했다. 이름만 들어도 알 만한 신흥그룹들이 가장 많이 등장한 시기였다. 율산, 명성, 뉴코아, 거평, 나산그룹 등이 대표적이다.

율산은 창업 첫해인 1976년에 무려 4,300만 달러를 수출하며 무역업계를 술렁거리게 하더니 1977년 말에는 율산알미늄, 율산

해운, 율산건설 등 11개 계열사에 7,000여 명의 종업원을 거느린 중견 재벌로 거듭났다. 명성그룹도 명성관광, 명성콘도니엄, 명성엔지니어링 등 국내 최대의 관광·레저 전문기업집단을 형성했다.

지금은 압도적으로 재계 1위인 삼성이 그 당시에는 3위권에 불과했다. 거의 모든 대기업들을 '신흥'이라 불러도 무방할 정도였다. 현대그룹도 1967년 현대자동차를 설립하며 실질적으로 국내 최고 그룹으로 떠오를 수 있는 기반을 마련했다. 대우는 1970년대 초반에는 '신흥그룹'에 지나지 않았으나 1970년대 후반에는 국내를 대표하는 대재벌로 초고속 성장했다. 1970년대에는 대우, 롯데, 국제, 벽산, 율산, 명성그룹 등을 '신흥재벌'로 꼽았다.

경영학과를 졸업한 동기들은 대우, 롯데, 율산, 명성 등 신흥기업으로 출사표를 던졌다. 나는 오랫동안 직장생활을 할 수 있는 곳보다는 돈을 많이 벌 수 있는 곳을 원했다. 현대그룹이었다. 현대는 건설, 자동차, 조선업으로 급격하게 사세를 확장하던 때였다. 현대를 지망한 사람은 나 하나뿐이었다. 내심 현대건설 또는 자동차에 입사를 원했지만, 현대중공업 조선소사업부에 배속되었다.

우리는 광화문에서 모여 울산으로 향했다. 이제 당당하게 사회생활을 시작할 수 있다는 희망으로 꿈이 부풀어 있었다. 울산에서 방어진으로 가는 길은 시골 산속으로 들어가는 것처럼 황량한 느낌이 들어 당황했다. 조금 더 지나니 웅장한 조선소 크레인과 건물들이 보이고 조선소 앞에 어마어마한 쇼핑센터가 있어 안도감이 들었다.

우리는 독신자가 생활하는 숙소를 배정 받았다. 다음 날부터 1개월 동안 연수가 시작되었다. 조선소 현장은 어마어마한 규모였다. 배를 제작하는 독크, 공장건물 규모는 나를 압도했다.

1개월 교육 후 정주영 회장님이 오셔서 300여 명이 되는 우리 동기들의 직장생활 출발을 축하해 주는 회식이 있었다. 정주영 회장님의 18번인 "해 뜰 날"이라는 노래도 직접 들었다. 동기들의 유쾌한 노랫소리가 나를 잠시 들뜨게 했다.

아침 6시 30분에 출근해서 7시부터 근무 시작이다. 토요일도 하루 종일 일하고 일요일도 거의 출근해야 할 때가 더 많았다. 요즘은 주 5일 근무를 하지만 이 당시에는 상상도 못할 일이었다. 이런 말을 하면 꼰대소리로 치부할지 모르겠으나 그때의 산업역군들이 한강의 기적을 이뤘음을 좌시하지 말아야 한다. 우리의 젊은이들이 명석해 새 시대를 잘 이끌겠지만 산업화 시대를 이끌어낸 세대의 열정과 패기를 기억할 필요가 있다고 본다.

한국의 산업화는 수많은 일자리를 창출하며 경제성장의 과실을 노동자들에게 나누어줬다. 이런 사실은 노동소득분배율이라는 숫자에서도 증명된다. 세계에는 중진국 대열까지는 무난히 진입하지만 다음 세대가 그 바턴을 이어받지 못하는 나라가 상당히 많다.

나는 외자부라는 곳에 배치되었다. 수입 자재 중 밸브와 페인트 등을 수입하는 외자부의 최말단 신입사원이 되었다. 내 전공인 경영학과는 전혀 관계없는 자재 수입 업무를 하게 되어 조금은 실망했다. 그래도 어찌하랴.

수입 자재 요청서가 오면 Follow-Up File에 기재하고 견적 요청, 계약, 신용장L/C 개설 요청, 선적 독촉, 통관 요청 등이 관련 업무였다. 견적 요청은 일본, 미국, 영국 등 조선 선진국에서 받았다. 해외와의 연락은 텔렉스Telex로 하던 때였다. 교신은 영어가 기본이다. 텔렉스 길이가 1m가 넘는 경우도 많았다. 선배들이 쓰는 영어를 참조하여 견적 요청을 했다.

대학교 다닐 때 무역 영어를 수강한 것이 도움이 되었다. 틀림없이 외국어, 특히 영어를 잘해야 성공할 수 있을 것 같다는 신념 때문에 나는 영어 공부를 열심히 했다. 그런 판단은 주효했고 나의 사회생활에 도움을 주었다. 돈이 없어서 당구장도 못 가고 공부만 했던 것이 살아가는 데 필요한 무기가 된 셈이다. 남과의 차별화가 중요하다는 생각을 하게 되었다.

발주 진행 상황을 매일 유형별로 정리했다. 견적지연, 선적지연, 통관지연 등 지연되는 업무가 빨리 진행되도록 매일 Follow-Up 하는 일이다.

발주 확정시는 단가, 납기 등은 현업 생산부서와 협의, 주의 깊게 결정해야 한다. L/C가 개설되고 수입 물건이 부산항에 도착하면 선적서류를 통관부서에 넘기면 업무는 일단락된다.

수입 자재를 담당하는 파트에서는 내가 유일한 신입사원이었다. 내 뒷자리에는 상사들이 즐비했다. 조금 일찍 들어온 신입사원, 대리, 과장, 차장, 부장님…. 나는 언제 높은 자리로 갈 수 있을까 생각할 때마다 까마득했다. 중역인 이사급은 방이 따로 있었다. 그 위에 상무님, 전무님, 부사장님 등도 하늘의 별처럼 보였다.

얼마나 열심히 일하면 저기까지 올라갈 수 있을까. 처음에는 아찔했다. 나의 직속상관인 김 대리에게 물어보았다.

"저도 저분들 처럼 될 수 있을까요?"

"열심히 하면 돼. 저분들도 처음엔 모두 신입사원이었어."

그 말에 용기가 났다.

나는 우리 집에서 처음으로 고정적인 수입이 있는 월급쟁이가 되었다. 그것으로 족했다. 우선 부모님께 월급에서 일정부분을 송금했다. 부모님은 뛸 듯이 기뻐하셨다. 자식 키운 보람을 느끼셨다. 어느덧 장남의 구실을 하게 되었고 청년 가장이 되었다.

직장생활은 재미있었다. 해외 업무를 주로 하기 때문에 오전이 제일 바빴다. 해외에서 온 텔렉스를 확인하고 통관서류 등을 검토하고 상사나 연관 부서에 전달하면 어느덧 오후가 되었다.

우리 과의 과장님은 주당이자 술의 고수高手였다. 과장님은 회사에서 제공하는 임대주택에 살고 있었다. 그분은 자주 직원들을 초대해서 식사도 같이하고 술자리를 갖는 것을 즐겼다. 특히 우리 과 직원들이 모두 모여서 회식을 자주 했다. 포장마차도 자주 들렀다.

현대중공업에서 남쪽으로 조금 가면 방어진이다. 난생처음 고래고기 회도 먹어 보았다. 어렸을 때 아버지께서 쉽게 잡을 수 있는 전어회는 자주 먹었으나 슬라이스로 된 회는 처음이다.

처음 먹어본 회 맛은 충격으로 다가왔다. 지금까지도 회를 좋아하게 된 이유다. 가난한 대학생 시절에는 회를 먹을 수 있는 기회가 없었다. 회사에서 직급이 올라가고 부서의 책임자가 되면서도 회를 즐겼다. 맛있는 음식이라면 허겁지겁 쫓아다니는 미식가들과는 거리가 먼 사람이지만 좋은 횟감에다 소주 한 잔을 기울이는 것에 인생의 맛과 멋이 있다고 여기는 편이다.

월요일에 일을 시작하면 주말까지 회사는 정신없이 돌아갔다. 10월 말 어느 날이었다. 부장님이 나를 불렀다

"자네, 창원으로 가야겠네."

그즈음 울산 조선소에 중기사업이라는 사업부가 있었다. 이 부서에서 TANK를 한국 최초로 조립하여 야간에 조선소 안에서 주행시험을 하고 있었다. 정부에서 방위사업 육성을 국가의 정책으로 정하고 창원공단에 방위산업을 집중 유치하여 현대중공업 중기사업부가 창원에 세워지게 되었다고 했다.

"자재 요원으로 1명 보내야 되는데 자네가 제일 늦게 들어와서 가게 되었네."

나는 11월 초에 창원공장으로 근무지를 옮겼다. '일을 잘못해서 쫓겨가는 것이 아닐까?'라고 생각했다.

돌이켜 생각해보면 그것이 나에게는 행운이었다. 내 현대차그룹 직장생활 31년의 초석을 다지는 기회가 되었기 때문이다. 그 발령이 나를 방위산업이라는 전혀 새로운 분야에 입문하게 만들

었고, 어느 정도 연륜이 쌓인 후에는 그쪽 분야의 전문가로서 새로운 입지를 갖는 계기를 마련하게 되었다. 근무지 이동이 내 직장생활에 있어 대전환의 기회였음을 퇴직 후에야 알았다. 그때 의사결정을 한 외자부 간부들한테 고마움을 전하고 싶다.

하지만 그분은 그때 자신이 한 결정이 타인의 삶에 결정적인 기회가 되었음을 알고 계실까?

창원시는 중앙의 창원대로를 중심으로 북쪽은 주택, 상가, 공원 지역이고 남쪽은 공단 지역이었다. 사방이 산으로 둘러싸인 분지 형태의 지형이다. 내가 근무하는 공장은 창원 입구 남쪽에 약 20만 평 규모로 자리 잡았고 방위산업 부문, 지하철 등을 만드는 철도차량사업 부문, 산업설비를 제작하는 산기사업 부문으로 구성되어 있었다.

1978년 10월에 신설된 회사의 창립 멤버 중 한 사람이 되었다. 엔지니어들은 신입사원 채용 후 해외연수를 다녀왔고 기술도입선에 파견하여 기술 훈련을 받은 직원들이 대부분이었다.

모든 것을 처음 시작하는 공장이었다. 공장 입구는 포장도 안 되어 있었고, 화단에는 조경수도 없던 그야말로 삭막하기 그지없던 환경의 신생 공장 자재관리 업무 담당이었다. 생산공장에 자재를 공급하기 전에 보관하는 창고와 자재 수불 관리가 주요 업무였다.

현장재고BENCH STOCK는 생산공장의 인원수만큼 필요한 자재다. 예를 들면 작업용 장갑은 생산부서가 구매 요청을 하지 않아도 저장하고 있어야 한다. 벤치 스탁 아이템을 선정하고 구매 주기를 정하고 매달 자동으로 구매하도록 제도를 바꾸었더니 직속상관의 칭찬이 있었다. 매우 뚜렷이 기억에 남아 있는 이유는 직장생활에 적응이 돼 가는구나 하는 생각과 나도 일을 잘할 수 있다는 안도감에서였다.

그 후에 경리부로 자리를 옮겼다.

14

아버지 대신 짊어진 무거운 짐

나이는 시간과 함께 달려가고,
뜻은 세월과 더불어 사라져 간다.
드디어 말라서 떨어진 뒤에 궁한 집 속에 슬피 탄식한들
어찌 되돌릴 수 있으랴.
-소학(小學)

아버님 함자는 이상근(李相根: 1919~1978). 경주이씨 42대 손으로 2대 독자였다. 집에서는 이귀남으로 불렸다.

젊은 시절은 어떻게 사셨는지는 알 수 없다. 1948년에 일어난 여순반란 사건 때 여수시에서 거주하고 있던 아버지는 반란군에 잡혀 오동도로 끌려가기 직전에 돌산 할아버지 집으로 탈출했다.

초등학교 운동장에 붙잡혀 있을 때 잠깐 화장실을 다녀왔더니 그 사이에 다른 사람들은 모두 오동도로 잡혀갔다. 아버지는 급히 변장을 하고 돌산 집으로 귀향하여 살아남은 일은 퍽 다행스런 일이다.

내가 고등학교 졸업하기 전까지 아버지의 사업 덕분에 집안 형편이 그런대로 괜찮았다. 사실 내가 중·고등학교를 다닐 수 있었던 것도 아버지의 사업 덕분이었을 터이다. 아버지는 문어잡이

용 질그릇단지을 대량생산했고 연탄이 땔감으로 성행할 즈음 연탄아궁이 사업을 크게 했다. 주변 어민들과 여수 시민이 주요 소비처였다.

문어잡이용 단지와 아궁이의 원료는 진흙이다. 논을 깊게 파면 거무스름한 색의 점토질이 나온다. 이를 채취하여 공장으로 옮겨 저장한다. 물과 섞어 반죽한 후 가래떡처럼 만들고 둥글게 쌓아 올려 물레에 올리고 돌려서 단지 모양으로 성형한다. 연탄아궁이는 진흙 반죽을 사각형으로 자른 후 연탄 두 개가 들어갈 수 있도록 원통형으로 모양을 만든다. 문어단지는 유약을 발라서 1주일 이상 햇볕에 말린다. 유약은 양잿물에 나뭇재를 섞어 사용한다.

1주일 이상 건조한 후 긴 가마에 차곡차곡 쌓아 불때기 작업을 한다. 땀을 뻘뻘 흘리며 불때기 작업을 하시던 아버지의 모습이 눈에 선하다. 아버지의 주된 일은 공장일과 납품처에 들러서 수금하는 일이었다.

그 덕분에 우리 집은 작은 농토뿐이었으나 비교적 여유 있게 살았다. 농사는 내가 집을 떠난 후 주로 어머니가 지으셨고 한때는 집에 일꾼들이 많았다. 그런데 내가 고등학교를 졸업할 무렵부터 연탄아궁이 사업이 잘 안 되었다. 가정용 에너지가 석탄에서 석유로 바뀌던 전환기였기 때문이다. 거기에다 문어단지 사업도 사양 산업이 되어 수요가 급격히 줄었다. 개점휴업 상태가 되었다. 그때부터 아버지는 평범한 촌부로 변했다. 시름에 빠져 술도 자주 마시고 심지어 노름도 하셨다.

아버지의 좌우명은 진인사대천명盡人事待天命, 즉 사람으로서 할 수 있는 최선을 다하되 그 결과는 하늘의 명을 기다리라는 뜻인데, 어린 나는 그 말을 이해할 수 없었다. 어떨 때는 아버지가 사업 실패로 인해 허랑방탕한 시간을 보내는 게 의문이었다.

하지만 훗날 어른이 되었을 때, 비로소 나는 아버지의 그 깊은 뜻을 이해하게 되었고 진인사대천명을 나의 좌우명으로 삼았으니 무슨 아이러니일까? 그 무렵 아버지에 대한 저주의 씨앗이 싹트기 시작했다. 하나의 이야기를 잠깐 해보기로 하자.

아버지는 직업을 잃은 스트레스 때문이었는지 생활에 절제를 잃고 수척해 갔다. 암일지도 모른다는 생각으로 연세대학병원에서 진료를 했다. 폐암 말기였다. 그 사실은 나를 경악시켰다. 그럴 리가 없다. 도대체 말이 되지 않는 소리다. 나는 병원에서 나온 검사 결과를 믿을 수가 없었다. 어머니는 그 얘기를 듣고 눈물을 뚝뚝 흘렸다. 아버지는 그새 10㎏ 가까이 줄어든 몸무게로 뼈만 남아 앙상했다.

어떻게 폐암에 걸려서 몸이 저렇게 되도록 까맣게 모르고 있을 수가 있었을까? 누구에게랄 것도 없는 분노가 치솟았으나 나는 스스로 면목이 없었다. 내게는 힘이 없었다. 수술이 불가능하다는 진단이 내려졌고 대신 항암제 치료를 하는 방법이 있다고 했다. 하지만 우리 집에는 그럴만한 경제적 여력이 없었다.

폐암은 거의 증세가 없다. 우리나라의 폐암 환자 중 수술이 가능한 시점에서 발견되는 경우는 20%가 채 되지 않는다. 조기에 발견될수록 완치 확률은 높아진다.

코미디언 이주일 씨도 말년에 폐암에 걸려서 죽었다. 그가 돈이 없어서 죽었겠는가 하는 마음으로 위로를 삼을 뿐이었다. 아버지는 방안에 온종일 누워 계시는 날이 많았다. 어머니의 헌신적 병간호가 있었지만, 아버지는 내가 현대에 입사해서 창원공장으로 이동한 1978년 11월에 돌아가셨다. 아버지가 조금만 더 기다려 주셨더라면 하는 아쉬움이 지금도 남는다.

아버지가 계셨던 방 벽에 아버지의 체취가 선명했다. 얼마나 아팠던지 고개를 벽에 돌린 자국이 새까맣게 남아 있었다. 한없이 눈물이 나왔다. 아버지가 돌아가신 후 나는 집안의 아버지가 되었다.

15

사랑이 찾아오다

사랑하고 일하며,
때로는 쉬면서 별을 바라볼 수 있는 기회를 주는 인생,
그 인생에 감사하자.
-헨리 밴 다이크

어떤 청년이 영국의 정치가 처칠에게 가정의 출발점이 무엇이냐고 물었다. 처칠은 서슴지 않고 대답했다.

"그것은 한 소년이 한 소녀를 사랑하기 시작할 때부터이지. 이 신의 섭리를 뒤바꿀 수 있는 논리는 아직 발견되지 않았어."

그 옛날부터 물레방앗간에 숨어서 사랑하는 연인의 마음속에는 생명의 고양高揚이 있다. 많은 문학작품 속에서 사랑이 주제가 되는 것은 그러한 신의 섭리 때문이다. 실로 가정은 그런 순수하고 원초적인 사랑에서 출발한다.

나의 삶을 굳이 이등분한다면 아내를 만나기 전과 후로 나눌 수 있다. 아내는 나에게 시집와 지금의 나를 있게 한 장본인이다. 좋

은 일이 있으면 같이 기뻐해 주고, 슬픈 일이 있을 때 같이 마음 아파하는 나의 분신과 같은 존재이다. 사랑하는 아내를 빼놓고 나의 이야기를 전개하는 것은 무의미할 뿐이다.

내가 아내를 만난 것은 창원에서 근무할 때였다.

어느 날 일요일 오후였다. 독신자 숙소에 같이 지내고 있는 피 끓는 젊은이 3명은 가만히 있질 못했다. 한 친구가 미팅 계획이 있다고 나에게 말했다. 나보다 먼저 입사한 동료들은 이미 경험이 많은 듯했다. 나는 아무 생각 없이 그들을 따라나섰다.

영화 제목은 가물가물하지만 영화를 한 편 보고 나서 다방에서 이른바 미팅을 했다. 3명의 여성 중 총명해 보이는 그녀가 내 눈에 띄었다. 기분이 들떴다. 다행히 그녀가 나의 파트너가 되었다.

저녁 식사를 같이한 후 약간 문제가 생겼다. 저녁 식사비를 지불하려는데 돈이 모자랐다. 앞에서도 언급했지만 당시는 데이트 비용을 대부분 남자가 지불하던 시대였다. 정말 난감하기 이를 데 없었다. 나는 난감하고도 미안한 표정을 하며 머쓱해서 그녀를 바라보았다. 그런데 그녀는 아주 여유로운 표정으로 미소까지 지었다. 그녀는 아버지에게 연락하더니 달려가서 돈을 가져와 나에게 빌려주었다. 어쩌면 그 일이 우리를 이어주는 끈이 되었는지도 모른다. 꼭 돌려주겠다고 약속하고 전화번호를 받았다.

우리의 인연은 그렇게 시작되었다. 나에게 첫사랑이었다. 돈을 갚는다는 핑계로 전화를 해서 얘기하고 또 만나기를 반복했다. 벚꽃이 만발한 창원대로를 그녀와 걸었다. 젊다는 거 외에 매력이 없다고 생각하는 나를 이해해 주고 자주 만나 주는 그녀에게 왠지 모르게 끌려 가슴이 두근거렸다.

그녀는 진영에 있는 여자고등학교 교사였다. 어느 날 일요일 오후에 그녀가 근무하는 곳인 진영을 방문했다. 날씨가 몹시 더웠다. 땀을 뻘뻘 흘리는 나를 보더니 어디선가 손수건을 사와서 건네주는 게 아닌가. 아주 사소한 것이지만 사랑의 표시인가 하는 생각에 나는 그만 그녀와 결혼하기로 작정했다.

나는 문득 진심으로 사랑하는 여자가 바로 그녀라는 사실을 깨닫게 되었고, 그걸 고백하고 말았다. 그녀도 나를 마음에 두고 있었는지 나의 사랑을 쉽게 받아주었다. 그 후 우리는 손을 잡고 하염없이 걷고 싶은 연인 관계로 발전했다. 그녀에게 고백했다. "사랑한다"고.

그 후 그녀는 나의 독신자 숙소를 자주 방문했다. 겨울이 시작되는 어느 날, 그녀의 아버지께 결혼 허락을 받았다. 그녀가 나의 아내 김숙희 여사다.

우리는 다음 해 1월 중순에 결혼했다. '여자한테 대시할 숫기도 없는 나를 뭘 믿고 남편으로 받아들였을까?' 하는 생각을 평생 간직하며 살고 있다.

아내에게 정말 고마운 점이 많다.

4남 2녀의 장남인 나는 우리 가족 대표로 대학을 졸업했다. 나는 이제부터 그들을 돌봐야 했다. 그녀는 동생들까지 책임져야 한다는 내 생각에 흔쾌히 동의해 주었다. 심지어 그동안 아내가 월급을 저축했던 자금까지도 흔쾌히 동원해 적극적으로 도와주었다. 우리 가족에겐 평생 잊을 수 없는 보은報恩이 아닐 수 없다. 결혼 후 10년 동안 동생들 학자금을 지원했으니 말이다. 지금도 고맙게 생각하고 있다.

아내를 자랑하면 흔히 팔불출이라고 손가락질하지만 난 내 아내를 자랑하지 않을 수 없다. 그것은 남들보다 내 아내가 더 공부를 많이 했기 때문이 아니요, 얼굴이 예쁘기 때문도 아니요, 부잣집 딸이라서는 더더욱 아니다. 아내가 조선시대의 기품 있는 집안의 딸처럼 고운 마음씨와 인내심을 갖고 있어서다. 세상일을 하는 남자의 마음을 편하게 해주어야 한다는 생각을 가진 구시대적인 여인이다. 그래서 아내를 생각할 때마다 가슴이 저려온다. 그저 묵묵히 남편의 뒤를 돌보며 아들딸을 성장시켰다.

아버지가 자녀들을 위해 해줄 수 있는 가장 중요한 일은 그 아이들을 낳아 준 어머니를 사랑하는 것이라는 말이 있다. 그래서인지 나는 아내를 무척 사랑한다.

16

동생들은 더 용감했다

우리 세대의 가장 위대한 발견은
인간이 마음의 태도를 바꿈으로써
자기 인생을 바꿀 수 있다는 사실을 알아낸 것이다.
- 윌리엄 제임스

나는 4남 2녀의 장남(1950년생)이다. 아래로 동생들은 준자(1954년생), 준홍(1957년생), 준식(1961년생), 준길(1963년생), 안자(1966년생)이다.

당시에는 어느 집이나 자식이 많았다. 산아제한 같은 방법도 잘 몰랐고, 농업 사회였기 때문에 노동력이 더 필요했으리라. 나는 우여곡절 끝에 대학에 다녔으나 농사만을 지어 대학 학자금을 대기는 어려웠을 것이다. 그래서 대학을 흔히 우골탑이라 하지 않았던가. 그 시절 가난한 집안에서는 형제 중 한 사람이 대표로 진학하면 그만이었다.

첫째 동생 이준홍이 희생양이었다. 어린 시절 교회를 열심히 다녀 신앙심도 깊었다. 성인 예배에서 대표로 기도할 정도였다.

중학교는 집에서 6km 떨어진 돌산중학교를 걸어서 다녔다. 매일 왕복 2시간 거리였다. 중학교를 마친 동생은 여수고등학교에 진학하기 위해 시험을 치렀고 합격했다. 교복을 맞춰 놓고 학교 갈 날을 손꼽아 기다렸다. 당시 나는 대학 진학을 준비 중에 있었고 동생들은 중학생, 초등학생이었다. 자녀 모두를 교육시키기에는 부모님의 능력으로선 버거웠다.

자녀 중 누군가의 도움이 절실했으리라. 부모님께선 농사지을 사람이 없다며 동생을 설득했다. 동생의 마음이 몹시 아팠겠지만 별다른 여지가 없어 부모님 편에 서게 되었다. 고등학교 진학을 포기했다. 동생은 맞추어 놓은 교복을 보며 수없이 울었다고 한다. 내가 돈을 벌면 공부를 시키겠다고 동생을 달랬다. 착한 동생은 고개를 끄덕였다.

부모님을 도와 낮에는 농사일을 하고 밤에는 조그마한 어선을 타고 바다에 나가 낙지를 잡아 생계에 보탰다. 또 굴 수하식 양식업도 했다. 그러면서 사채를 끌어다 사업을 벌였으나 실패하고 말았다. 이자가 60%인 고리대금으로 사업을 성공하기란 쉬운 일이 아니었다.

동생은 중학교를 졸업한 1972년부터 1981년 6월까지 농사꾼과 어부로 일하며 집안의 기둥으로 근근이 버텼다. 내가 대학 졸업 후 직장생활을 시작할 때까지 10년 동안 나를 대신해서 장남 역할을 했다. 지금도 동생을 생각하면 너무도 기특하고 안쓰러운 마음이 든다.

내가 직장생활을 시작하자 동생은 검정고시에 도전했다. 동생이 힘든 일을 하면서도 가난한 삶을 탈피하려면 공부를 해야겠다는 생각을 굽히지 않은 것이 놀라웠다.

뒤늦게 공부하기 위해 책을 들었으나 우리말도 독해가 되지 않았다고 했다. 그런데도 1년 만에 검정고시로 고등학교 과정을 마쳤다.

또다시 1년을 준비하여 1982년 대입학력고사에서 상당히 높은 점수를 받았다. 점수가 잘 나와 형제들 모두 깜짝 놀랐다. 얼마나 한이 맺혔으면 그랬을까 생각하면 한없이 연민의 정이 든다. 눈물겹도록 대견했다. 2년 만에 검정고시를 패스하고 대학입시 자격을 따다니… 놀라울 따름이었다.

동생이 대학을 가야겠다고 마음먹은 이유는 가난한 집안과 사업 실패도 있었지만 형제들과 대화가 통하지 않을지도 모른다는 두려움도 있었다고 최근에 나에게 털어놓았다. 형제들은 모두 대학을 다니는데 자기만 학력이 중졸이어서 자괴감이 크지 않았을까 생각해본다. 안쓰러웠다.

진로를 고민하다가 교사였던 아내의 조언을 듣고 교사의 길을 걷기로 하고 사범대학 영문학과에 진학했다. 지방 대학이지만 사범대학 영문학과는 학력고사 점수가 상당히 높은 학과에 속했다. 27세에 83학번 대학생이 되었다.

입시 준비할 때는 내가 직장생활을 하며 학자금을 도와줄 수 있었기에 그나마 나에겐 작은 위안이 되었다. 미안한 마음을 조금 덜 수 있었다. 사범대학을 졸업한 후 87년에 인천에서 고등학교 영어 선생님으로 32년 동안 봉직하다가 2020년 2월 정년퇴직했다.

둘째 동생 이준식은 다재다능했다. 또 야망이 컸다. 중학교 진학할 집안 형편이 아니었다. 때마침 서울에서 대학을 다니고 있던 내가 중학교 입학금을 보내줘서 돌산중앙중학교에 진학하게 되었다.

내가 초등학교 때 하모니카를 사서 동생에게 보내 준 적이 있었다. 그는 혼자서 하모니카 부는 법을 터득했고 어느 정도 익히고 나서 학교와 교회에서 연주하기도 했다. 고등학교는 나의 제안으로 여수고등학교에 진학했다.

그 역시 3년 동안의 고단한 자취 생활을 했다. 상급 학교에 진학하는 것이 가난한 삶의 탈출이라고 어떻게 그런 기특한 생각을 했을까? 대학에 진학하기 위해 노력했다.

고등학교 때는 그림에 소질이 있었다. 미술대회에서 수상도 했다. 고교 졸업 후 미술대학을 가겠다고 했으나 만류했다. 지금도 꿈을 버리지 않고 있다.

못다 한 그림을 대신해서 계명대학교에서 사진을 공부해서 미술학 석사학위를 취득하여 사진작가가 되어 전시회를 열기도 했다. 아마도 우리 집안의 예술혼 DNA가 둘째 동생에게 있는 것 같다.

고등학교 졸업 후 대학학력고사를 치르고 지방 대학 공과대학 계측공학과에 80학번으로 진학했다. 대학 때 ROTC를 해서 군 복무를 마치고 내가 다니는 회사에 신입사원으로 들어왔다. 이준식은 노래도 잘 부른다. 만능 스포츠맨이기도 하다. 야구는 회사 대표 선수였고 테니스, 골프는 수준급이다. 직장에서 과장으로 진급한 후 회사를 그만두었다. 비즈니스를 하고자 하는 뚜렷한 목표가 있었다. 그런 동생을 바라보며 나는 생각했다.

나는 인생의 목표가 있었는가? 가난을 탈피하기 위해 공부하면 된다는 막연한 희망만 있었을 뿐이다. 반면, 내 동생은 사업을 하겠다는 뚜렷한 목표가 있었다. 지금은 탄탄한 중견기업 사장이 되었다. 신용으로 거래하고 아무리 어려운 일이라도 기꺼이 협조해 주어서 신뢰를 얻었다. 자연스레 성공은 따라왔다.

목표를 세우고 실현하기 위해 최선을 다해야 목표가 달성된다는 평범한 진리를 내 동생에게서 본다. 너무나 마음이 뿌듯하고 자랑스럽다. 경영학과 출신인 내 꿈은 기업을 운영하고 종업원들에게 일자리를 만들어 주고 사회에 보탬이 되는 사람이었다. 결코 그렇게 되지는 못했다. 그런 회한이 들 때마다 내 동생 준식이를 생각하면 위안이 된다.

막냇동생 이준길은 돌산중앙중학교를 졸업했다. 학교까지 거리가 4km로 왕복 시간에 영어 사전을 외웠다. 중학교 2학년 때 스웨덴, 미국 학생들과 펜팔을 하기도 했다. 그도 역시 셋째와 같이 자취 생활로 학교를 다녔고 고등학교 때에 입주과외까지 했다. 81학번으로 지방대 경영학과에 진학하여 오랫동안 대기업에 근무했다.

여동생 준자는 일찍 결혼해서 여수 시내에 거주하면서 동생들 뒷바라지에 도움을 주었다. 막내 여동생은 안식일(일요일)에 태어나서 안자다. 나와 나이 차이가 16살이나 난다.

내가 대학교 다닐 때 안자가 어린아이였다. 방학 때 집에 갔을 때 안자가 나를 보더니 부모님께 “저분이 누구시냐?”고 물었다. 웃지 못할 일이었다. 중학교를 마치고 타향살이만 했으니 알 수가 없었던 것이다. 막냇동생에게 별 도움을 주지 못했다. 다행히 훌륭한 남편 이동화를 만나 스스로 자립했다. 대견하게 생각한다. 평생 마음의 빚을 지고 산다.

한 명도 대학 다니기 어려운 시골 마을에 초등학교, 중학교, 고등학교, 대학교를 동시에 다니고 있는 자식들이 부모님은 큰 자랑거리였을 거다. 가난한 살림살이에 어떻게 감당하셨을까 생각하면 부모님이 절로 존경스러워진다. 6.25때 행방불명된 외삼촌이 있다. 경찰들이 가끔씩 우리 집에 들러 혹시 도움이 있는지 염탐하곤 해서 아버지께서 대노했다.

우리 부부는 10년 동안 남동생 세 명을 어렵사리 뒷바라지했다. 연말보너스가 나오면 모두 동생들 대학등록금을 대었다. 거기다 매달 생활비는 따로 보내야 했다. 어머니도 돌보아야 했다. 아내는 임신한 후에 학교를 그만두고 여러 해를 사설학원 강사로 나가며 동생들 학비를 챙겼다. 항상 눈물겹고 고맙게 생각한다. 동생들도 고마워할 따름이다. 나는 핏줄이기 때문에 당연히 고생해야 했으나 아내가 아무 말 없이 도와준 것을 두고두고 기억할 것이다.

우리 형제는 닮은 점이 많았다. 대학을 다녀야 조금은 나아지리라는 신념이 굳었고 목표를 세우면 어떤 어려움도 돌파하는 지구력, 가난한 집안을 탓하지 않고 숙명으로 받아들인 점이다. 아버지는 그 궁핍함 속에서도 가부장의 권위를 엄격하게 지켰다. 특히 형제간의 우애를 늘 강조했고 예의범절을 중시한 유교적 전통과 가치를 자식들에게 심어주었다.

시경詩經에 이르기를, '오직 효도하며 형제간에 우애가 있어야 한다'고 했다. 형제끼리 우애 있게 지내려면 며느리나 사위의 역할이 중요하다. 형제끼리 가깝게 지내던 가정이 며느리끼리의 불화로 어색하게 되는 경우도 많다. 그러나 가장 중요한 것은 형제들끼리 친밀감을 유지하는 것이다. 한 어버이에게서 태어난 사람들은 모두 내 몸처럼 생각하고 서로 위해 주고 돌보아 줄 때 진정 우애 있는 형제가 될 것이다.

우리 형제는 발가락이 모두 닮았을까? 포기하지 않았던 나의 노력이 동생들에게 조금은 영향을 주지 않았을까 생각한다. 이쯤에서 성경의 한 구절이 자꾸 떠오름은 왜일까?

"너희가 진리를 순종함으로 너희 영혼을 깨끗하게 하여 거짓이 없이 형제를 사랑하기에 이르렀으니 마음으로 뜨겁게 피차 사랑하라. 너희가 거듭난 것이 썩어질 씨로 된 것이 아니요 썩지 아니할 씨로 된 것이니 하나님의 살아 있고 항상 있는 말씀으로 되었느니라."(베드로전서 1:22~23)

17

잊어버리고 싶은 순간의 힘

"새벽에 일어나서 운동도 하고, 공부를 하고,
사람들을 사귀면서 최대한으로 노력하고 있는데도
인생에서 좋은 일은 전혀 일어나지 않는다고 말하는 사람을
나는 여태껏 본 적이 없다."
-앤드루 매터스

삶의 애환은 누구나 느낀다. 물론 누구나 똑같이 공평하게 느끼는 것은 아니지만 말이다. 내가 처했던 그 고통은 지금까지 엄청난 트라우마로 남아 있다. 이로 인해 가끔 꿈속에서 악몽으로 나타나 잠을 설칠 때도 있다. 그릇된 판단으로 귀중한 삶을 잘못 살았다는 부끄러운 마음의 고백이기도 한 반면에 잃어버리고 싶었던 순간의 힘이 나에게는 어려움을 극복할 에너지가 되어 주기도 했다.

고백하기조차 부끄러운 일이지만 나는 반평생 불면증에 시달리는 힘든 삶을 살았다. 지금은 거의 다 나은 병이지만 입주과외가 끊기고 고통 받는 삶을 살 때부터 미래에 대한 불안 때문에 생긴 병이다. 그것은 소심증과는 다른, 나에게는 천형처럼 영혼을 짓누르는 흔적이었다.

1974년 늦은 봄날의 고통은 시작되었다. 1970년대 한국은 폭발적인 경제성장으로 한창 발전하던 시기였으나 아직 안정화되지 않은 사회여서 개개인들의 삶은 그리 녹록지 않았다. 특히 지방 출신 서울 유학생은 서울에서 공부하기가 여간 힘든 게 아니었다. 보통 학년 초에 입주하여 1년 정도 지도한 학생이 중학교나 고등학교에 진학하면 다음 해에는 다른 입주과외 집을 찾아 떠나야 하는 떠돌이 신세였다.

신문사에 일단 입주과외를 광고하여 구하거나 아는 지인들의 소개로 입주과외를 구해야 했다. 그런데 몇 개월이 지나도 과외자리가 구해지지 않았다. 처음에는 곧 해결되리라 막연히 기대했으나 1개월, 2개월이 지나도 과외 자리는 들어오지 않았다. 그러자 온갖 생각이 많아져서 밤마다 쉽사리 잠을 이룰 수 없었다. 이른바 불면증이 시작된 것이다.

이 넓은 서울 바닥에서 내 몸 하나 기거하면서 공부할 데가 없다는 것이 견딜 수 없는 자괴감으로 다가왔다. 그때는 세상을 원망도 참 많이 했다. 요즘 같으면 병원에 가서 간단히 치료가 가능하리라 생각하지만 가난한 대학생인 나에게는 병원에 가는 것은 어리석게도 사치스러운 일로 여겨졌다.

그때까지 입에 술을 거의 대보지 못했던 나는 우연히 술을 마시기 시작했다. 소주는 가격도 저렴하고 또 술에 약한 나에게는 조금만 마셔도 취기가 올라 복잡한 일상을 잠시 멈추게 해주는 데 효과가 있었다.

그런데 문제가 생기기 시작했다. 처음에는 한 잔 마시면 잠이 들더니 날이 갈수록 주량이 늘어났다. 결국 술을 마시지 않으면 잠을 청할 수가 없는 지경이 되었다. 세상사는 사소한 일들이 모두 스트레스로 다가오면서 잠 못 이루는 밤이 계속되었다.

소량의 음주는 수면에 도움이 된다. 그러나 일단 습관성 음주 수면이 계속되면 혈액순환장애를 일으켜 깊은 잠을 잘 수 없게 만들었다.

나중에 알고 보니 습관성 음주 수면은 혈액순환장애를 일으키기는 게 맞았다. 혈액순환장애가 말초신경의 반복적 장애로 피부가 두꺼워진다는 경피증 진단은 퇴직 후에야 받았다. 또한 혈액순환장애로 불면증은 안구 주변의 경피증으로 전이되어 시력에도 문제가 생겼다. 혈액순환장애가 안구 주변의 피부에 콜라겐 성분이 침착되어 피부가 두꺼워지는 바람에 점진적으로 피부의 유연성이 떨어졌다. 특히 새벽에 숙면을 지속적으로 방해했다. 지금은 거의 치료가 끝났지만 수면 부족은 직장 근무 시간에 많은 어려움을 주었다.

낮 동안의 근무로 저녁이 되면 피곤해지기 때문에 약간의 음주로 잠이 든다. 새벽이면 언제나 잠이 깬다. 안구 주변의 혈액순환을 방해하여 안구가 건조하고 아침이면 언제나 눈이 아팠다. 매일 매일 피곤하고 심지어 의욕까지 상실되었다. 하지만 그럴수록 나는 더욱더 열심히 뛰었다. 어린 시절부터 터득해온 삶의 방법이자 기술이었다. 삶을 영위하기 위하여 이런 일로 꾀를 피우는 것은 나에게 사치스런 일이었다. 그것이 오히려 더 열심히 살아야 되는 이유가 되기도 했다.

음주 습관은 마시는 양을 늘려 술을 잘하는 축에 들었고, 소극적인 성격이었던 나에게 인간관계 증진에 마력 같은 힘이 되었다.

중국 주재원 근무 때의 일이다. 대형 빌딩을 관리하는 중국인 직원들을 한국 식당에 초대하여 한국식 뷔페를 제공하며 약간의 음주를 곁들이게 되었다. 중국인들은 때로는 주량으로 사람을 평가하는 경우가 있다. 나도 그 시험대에 올랐다. 약 50명의 직원에게서 한 잔씩 50도 되는 백주를 받아먹지 않으면 안 되었다.

'거부하면 그들에게 지는 것이다'고 생각했다. 모두 받아 마시고 그들에게 한 잔씩 건넸다. 몇 잔만 마셔도 취할 정도의 독한 술이다. 술이 아무리 취해도 저들에게 지고 싶지 않았다. 젊은 날의 음주 수면으로 단련된 에너지가 없었다면 견디기 어려웠으리라 생각한다.

그 이후 나는 아무도 대적할 수 없는 사람으로 그들에게 각인되었다. 회사 일이 순조로운 것은 말할 것도 없었다. 어찌 보면 미련한 짓으로 여겨질지도 모르겠으나 인생에 승부를 걸 때는 운명에 맞서야 하고 정신력으로 극복할 수 있다는 것이 나의 신념이다. 이때 강한 정신력이 뒷받침되지 않았다면 나는 술에도 지고 일에서도 지고 말았을 것이다.

우리가 살아온 1970년대 많은 사람들이 어렵게 살았다는 것을 내가 아버지가 되어서야 알았다. 6남매 장남인 나에게는 병을 달고 살아도 치료할 엄두를 못 낼 만큼 어리석었다. 잊어버리고 싶은 시간이다. 특이 체질인지 직장생활을 잘하고 있고 별다른 걱정이 없을 때도 이따금 불면증이 불청객처럼 찾아와서 나를 괴롭혔다.

그 증세는 지금도 진행 중이지만 이를 극복하기 위해 달리 생각하기로 했다. 어떤 어려움이 오히려 감사를 더 느끼게 하는 경우가 있는데 나의 불면증이 그 경우에 속한다. 숙면을 취하고 아침에 일어나면 세상이 모두 산뜻한 행복감에 휩싸여 있다는 것을 느낀다. 이때 나는 다른 사람보다 행복함을 깊이 느낀다.

숙면을 위해선 적당히 피곤해야 한다. 그래서 요즘도 나는 매일 꾸준히 운동한다. 매일 걷기를 습관적으로 하게 되었다. 하나님이 주신 선물이라고 믿고 싶다.

대학교 3학년 1학기는 불면증과 사투하며 방황하던 시기이다. 삶을 포기하고 싶은 충동이 생기기도 했다. 내가 믿는 하나님을 참 많이 원망했다. 다른 입주과외로 1년을 보내고 난 후에 4학년 2학기 때는 학교 주변에서 처음으로 하숙했다.

그즈음 시골집에서는 학비와 하숙비 부담하느라 고생하고 있는 둘째 동생 준홍과 부모님을 생각하면서 참 많이 미안하고 서글퍼서 마음속으로 울기도 했다.

Chapter 3

▲중국현대차

18

머슴과 주인의식

"성공하지 못하는 사람은 자신과 관계없는 일에 열심히 매달린다. 가끔 골프 선수도 아니면서 골프에 푹 빠져 헤어나오지 못하는 경영자가 있다. 그런 사람을 보면 언제부터 프로골퍼가 되었느냐고 묻고 싶다."

-사이토 히토리

1979년도 하반기부터 나는 경리부로 부서를 옮겼다. 대학에서 회계, 원가계산, 재무회계 등 경리업무의 여러 가지 과목을 배우긴 했다. 그러나 실무에 적용할 만큼 썩 잘 이해할 정도는 아니었다.

경리부 일을 하면서 나는 학과 공부와 실제로 벌어지는 실무가 어떻게 연결되는지 무척 궁금했다. 우선 경리부가 어떤 업무를 하는지 살폈다. 제조공장의 경리업무는 비교적 단순했다. 재무회계, 세무회계의 핵심 업무는 본사에서 담당하고 공장은 공장 관련 업무의 회계와 원가 업무를 하고 있었다. 회계는 현금출납, 장부 관리가 주요 업무이고 원가는 원가계산이 주요 업무였다.

처음 맡은 일은 유형고정자산 업무였다. 유형고정자산은 회사의 건물, 구축물, 기계, 공구, 기구이다. 기업이 수익 창출을 목적으로 반복 사용한다. 장기적으로 보유하는 기계나 건물은 감가상각비 등으로 비용화하는 재산이다. 관련 계정과목은 미착시설, 건설가계정 등에서 계정 이체하여 확정한다. 미착시설은 수입하거나 구입하여 본 계정인 기계장치나 공구, 기구로 확정되기 전 중간 계정이다. 건설가계정은 건물, 구축물을 자체 제작하는 경우 집계하는 중간 계정이다.

가계정假計定인 미착시설, 건설가계정에서 본 계정인 기계장치 또는 건물로 회계전표를 끊어 옮기는 업무가 주요 업무였다. 기계는 생산 현장에서 사용되는 설비를 정확하게 파악하여 종류별로 분류 기장해야 되고, 건물은 등기 등과 관련이 있어 건물 관리부서인 총무부서와 업무 협조에 유의해야 한다.

회계 업무의 모든 계정(같은 목적으로 출금된 현금의 집계장소)의 집계 보조장으로 이기 등은 매일매일 수작업으로 기장하고 있었다.

경리직원 중에 여직원이 반을 넘었다. 주산이 8단인 여직원도 여럿 있었다. 여직원들의 솜씨는 신기에 가까울 정도로 경이로웠다. 나는 기장할 때마다 차변, 대변이 맞지 않아 매일 곤욕을 치르는데 이들은 한 치의 오차도 없었다. 매일 마감하는 합계잔액시산표도 이들은 암산, 주산으로 순식간에 해치웠다. 인간의 능력은 무한하다는 찬탄을 금할 수 없었다. 그런데 전자계산기가 나오고부터 이런 신기에 가까운 사무실 풍경을 더 이상 볼 수가 없었다.

경리부서는 연초부터 3월 중순까지 결산 작업을 한다. 모든 계정과목을 직전년도 12월 말로 확정하고 직전 1년 동안의 영업성과를 계산하는 업무로 매우 중요한 업무이다. 1월 초부터 거의 매일 저녁 늦게까지 일한다. 아예 밤샘하는 날도 더러 있었다.

어느 날 1시에 집에 들어갔더니 새색시인 아내가 울고 있었다. 1월 18일 결혼하고 나서 거의 한 달 동안 매일 늦게 들어갔더니 이해하기 어려웠을 것이다. 그러나 나는 물고기가 물을 만난 듯 세상 사는 맛이 났다. 아내에게는 정말 미안했으나 거의 매일 밤을 새울 만큼 열심히 일한다는 것이 사람 사는 기분이 들었고 뿌듯했다.

나는 그것이 경리인의 기본자세라고 생각했다. 내가 주인이라고 생각하면 가슴이 뛰지 않을까. 나는 내가 맡은 업무에 주인이라는 생각을 한순간도 놓지 않았다. 경리업무는 생산, 영업, 연구 등 회사 전체 업무를 파악하기 용이한 업무다. 경리 출신들이 경영자가 많이 되고 성공하는 이유가 여기에 있다.

현금 등을 다루는 업무는 뚜렷한 직업의식이 없으면 유혹에 빠질 수도 있다. 주인의식 소명의식이 뚜렷하지 않으면 진정한 경리인이 아니라고 생각한다.

경리부 고위직들이 모두 임원으로 진급하고 경영자로 발탁되는 경우가 많다. 특히 삼성이나 현대 같은 대기업은 그런 확률이 꽤 높은 편이었다. 나는 영악스러운 편은 아니었으나 그 점을 깨닫고 경리부에서 일하게 되어 참으로 다행이라 생각했다.

무엇이든 기본을 가지고 끈기 있게 열심히 하는 사람은 실패하지 않는 법이다. 성공한 사람은 일을 마다하지 않고 오히려 일을 만들어 끈기를 가지고 열심히 노력한다. 경영 마인드는 결국 주인의식을 바탕으로 한 책임감과 새로운 것을 추구하는 도전정신으로 요약될 수 있다. 머슴이 주인이 될 수는 없지만, 주인처럼 행세할 수는 있다.

무릇 리더는 욕심이 없을 때, 자신의 손바닥을 들여다보는 것처럼 부하들을 수월하게 이끌어 나갈 수 있다. 이 말은 한 회사를 꾸려나가는 경영자나 가정을 거느린 가장에게나 똑같이 통하는 말이다. 또한 개인에게도 통하는 말이기도 하다.

어떤 분야에서건 진정한 리더가 되기를 원한다면 사욕을 버리고 공동체의 이익을 위해서 노력하는 리더십을 지향해야 한다. 이것이 자신을 성장시키는 동력이 될 수있다.

중국의 철학자 노자老子는 그 옛날에 이미 진정한 리더십에 대해서 설파하고 있다. 노자는 물에 비유해서 리더십을 비유하고 있는데 나는 무릎을 치고 탄복할 수밖에 없었다.

"강과 바다가 수백 개 산골짜기의 물줄기에 복종服從 받는 이유는 그것들이 항상 낮은 곳에 있기 때문이다. 따라서 다른 사람들보다 높은 곳에 있기를 바란다면 그들보다 아래에 위치하고, 그들보다 앞서기를 바란다면 그들 뒤에 위치하라. 이와 같이 하여 사람들의 뒤에 있을지라도 무게를 느끼지 않게 하며, 그들보다 앞에 있을지라도 그들의 마음을 상傷하게 하지 않아야 되느니라."

19

원가정산 업무에 빠지다

한 건축물에서 보아야 할 세 가지가 있다.
그것은 적절한 자리에 서 있는가,
안전하게 기초가 되어 있는가,
잘 지어져 있는가이다.
-요한 볼프강 폰 괴테

1984년에 회사는 현대중공업에서 분리되어 현대차량으로 독립했다. 모든 철도차량을 제조하는 철도차량 산업, 산업기기를 제작하는 산기사업부 그리고 방위산업 물자를 생산하는 방위사업부 등 3개 부서로 구성되었다.

경리부에서 원가계산 업무를 하던 담당자들도 자연스럽게 사업부별로 업무가 구분되었다. 말단사원이었던 나에게 방산물자의 원가계산과 정산 업무가 운명처럼 맡겨졌다. 방산물자의 생산공장이 한국에 처음이던 때였다.

이 업무는 정통 경리업무를 하는 경리맨들에게는 다소 생소한 일이어서 다른 직원들이 담당하기를 꺼려한 것 같이 보였는데 내게는 오히려 새로운 분야로 접하게 된 것이 흥미롭게 여겨졌다.

방산제품 원가정산 업무는 매우 특이한 일이다. 방산제품으로 지정된 물자는 경쟁입찰로 계약을 할 수 없고 수의계약으로 한다. 소비자가 유일한 정부이기 때문에 여러 회사가 경쟁하여 낙찰되지 못하면 회사는 도산할 수밖에 없다. 특정 방산제품은 제조업체를 한 개만 지정하여 수의계약으로 계약하고 방산물자를 생산하게 되어 있다. 이때 판매가격은 원가계산에서 정해진 가격으로 계약하게 되는데, 이렇게 생산 중간에 원가를 조사(정산)하여 판매단가를 확정하여 주는 제도는 중도확정 계약이라 한다. 그리고 생산이 완료되면 판매단가를 조사하여 판매단가를 확정하면 개산원가 계약이라고 한다.

경쟁업체가 있는 일반 회사는 가격이 이미 시장에 형성되어 있다. 시장가격에 맞추지 못하면 경쟁에서 이길 수 없다. 방위산업 생산업체를 경쟁체제로 하면 계약에서 탈락한 업체는 도산할 수밖에 없으므로 방위사업에 관한 특별법을 만들어 수의계약하도록 제도화되어 있다. 방산물자는 원가계산에 관한 규정을 만들어 계약 업무에 활용하고 있다.

원가계산 규정은 기업회계 방법과 유사하다.

기업회계에서는 매출원가=재료비+노무비+경비+일반관리비+영업외비용-영업외수익이지만 방위산업 매출에서 인정하는 매출원가=재료비+노무비+경비+일반관리비+투자·노력에 대한 이윤으로 구조가 약간 상이하다. 영업외비용을 인정하지 않고 투자·노력에 대한 일정한 이윤을 인정해주는 구조다.

매출가액의 계산(정산)은 전적으로 기업회계에서 발생한 기본자료가 기초이기 때문에 재무제표 등 회계에 대한 이해가 필요하다.

기업은 내(자기자본) 외(부채)부로부터 조달한 자금이나 재원을 이용하여 사회가 필요로 하는 상품을 생산하고 판매하여 이익을 만들어내는 경제 실체이다.

재무제표는 조달한 자금이나 재원을 어디에 투자했는지를 보여주는 자산과 자산의 주인이 외부인이면 부채, 자기이거나 주주이면 자본으로 표시하는 재무상태변동표, 일정 기간 영업하여 이익이 얼마나 발생했는지 집계하는 손익계산서와 생산활동에 투입한 자재, 생산한 인원에 대한 인건비, 경비를 집계한 제조원가보고서가 있다.

기업회계에서 발생한 비용을 기초로 정한 방위산업제품 매출단가 계산 상세내용은 매출단가=재료비(원재료+부품비)+노무비(직접인건비+간접인건비)+경비(직접경비+간접경비)+일반관리비+이윤(기본보상비+노력보상비)로 계산한다.

간접노무비, 간접경비, 일반관리비, 이윤은 결산서 전체 발생비용을 방산부문, 민수부문으로 나누어 정부가 매년 비율로 고시한다.

-간접노무비 = 직접노무비 × 간접노무비율
-간접경비 = 직접노무비 × 간접경비율
-일반관리비 = 제조원가 × 일반관리비율
-이윤 = 총원가 × 이윤율

간접노무비율, 간접경비율, 일반관리비율, 이윤율은 제비율이라고 칭한다. 2년 전 결산서를 기준으로 비율을 산출하여 국방부가 고시하기 때문에 매출단가를 확정하는 정산업무는 3년 전부터 세심하게 관리하지 않으면 안 된다.

매출단가는 계약사업 중간에 확정하거나 모든 사업이 끝나고 확정한다. 매출단가의 확정 업무는 회사의 발생 비용을 총망라하여 정확하게 반영되어야 회사 손익에 기여하기 때문에 세심한 준비가 필수적이다. 증빙자료가 방대하다. 철 재료를 재단할 때 작성하는 절단계획, 수입품을 집계한 미착재료 계정, 국내 구입부품의 증빙 등 상세비용 발생 내역, 생산작업의 급여대장, 작업시간 집계표, 간접작업과 무작업 내역, 기계장치 등 투자자산 내역 등 1톤 트럭으로 거의 한 트럭도 넘는다.

원가정산서를 작성하는 기간이 3~4개월 소요된다. 정부 담당자와 정산작업을 진행하는데 4~5개월 걸렸다. 나는 대리 시절부터 차장 말년까지 원가정산 업무를 10여 년간 담당했다.

일 년 12개월 중 3~4개월은 장기 출장이었다.

매출단가의 확정 업무는 방위사업 부문 손익에 사활이 달려 있었다. 기업의 성과가 매출단가의 확정에 절대적으로 달려있다. 방위산업 부문의 사업성과를 좌우하는 업무를 수행한다는 책임감이 막중했다. 원가를 놓치지 않고 꼼꼼하게 반영하기 위해 최선을 다해야 했다.

업무의 특성상 내가 회사에서 매우 중요한 인물로 성장하고 있다는 사실은 한참 후에야 알았다. 그 모든 것은 젊은 날에 같이 일한 직장동료들의 열정과 사명감이었다고 생각한다. 열정과 사명감으로 일에 몰두한다면 아무리 무디고 초짜이더라도 기초가 쌓이고 사고력을 갖추게 된다. 그러면 이해력도 높아져 스스로 자신감을 갖게 되며, 누가 시키지 않아도 자신의 일은 알아서 해내는 베테랑으로 성장할 수있다.

한국의 방위산업의 원가계산 규정은 초창기인 80년대는 모든 것이 부족했다. 내가 실무를 담당한 회사가 한국 최초의 대규모 방산 제조업체로 원가계산 규정을 발전시키는데 당사 체계가 일정부분 반영되었다.

실무를 보면서 작성했던 원가계산 기초자료들이 원가계산 규정 여러 곳에 반영되어 있다. 나는 이따금 성공하는 사람이란 자기에게 맡겨진 벽돌로 든든한 기초를 쌓아가는 사람이 아닐까 생각한다. 기초가 튼튼하면 그 집은 건실하게 완공이 될 터이다. 동분서주하며 벽돌을 쌓고 기초를 다지던 지난날을 회고하면 만감이 교차한다.

20

내가 만난 정주영, 정몽구 회장

행복한 인생을 보내기 위해서는
하고자 하는 일을 끈기 있게 계속하라.
- 조셉 존슨

정주영(1915~2001) 회장께서 창원 현대차량을 방문하셨다. 내가 대학생일 때 정주영 회장의 특강을 들은 적이 있다. 인상적인 것은 구두를 신으셨는데 구두가 반짝반짝 빛나지 않고 낡아 보였다. 가난한 농부의 아들로 태어나 세계적인 기업으로 발전하는 현대그룹에 대해 담담하게 말씀하셨다. 그때의 감동이 내가 현대그룹에 들어가게 된 동기가 될 줄이야.

현대에 입사한 후 한 번은 정 회장님이 식당에서 간부들과 저녁 식사를 하던 자리에서 어렸을 적 얘기를 해 주셨다.

"배고픈 시절 땡감으로 배를 채우니 변비가 심하게 생겼다."

정주영 회장은 가출해서 막노동을 하던 시절의 끔찍했던 굶주림 때문에 청년 시절부터 무섭게 근검절약하는 생활을 했다. 그는 추운 겨울에도 저녁 한때만 불을 지폈고, 전차 삯 5전을 아끼기 위해 새벽 일찍 일어나 걸어서 출근을 했고 구두가 닳는 것을 늦추려고 굽에 징을 박아서 신고 다녔다. 신문은 일터에 나가 그곳에 배달된 것을 보았으며 연기로 날려버리는 돈이 아까워 담배는 아예 피우지 않았다고 한다.

젊었을 때의 근검절약 습관이 몸에 배어서 그는 계속 굽을 갈아가며 세 켤레의 같은 디자인 구두로 30년을 넘게 신었다고 한다. 그것도 유명 상표 제품이 아닌 서울 명동의 한 수제화점에서 만든 조금 싼 제품이었다.

그날 정 회장은 철도 차량인 지하철 전동차 제조현장을 방문했다. 천정 작업 마감 후에 볼트가 외부로 노출된 것을 목격하고 다시 설계하라고 지적했다. 그 후 나는 지하철을 탈 때마다 그때 생각을 하면서 지하철 천정을 한 번 더 살펴보곤 한다. 정 회장은 많은 기업인 중 내가 가장 존경하는 어른이다. 빈손으로 굴지의 세계적인 기업들을 창업했다. 현대건설, 현대조선소, 현대자동차 등 굵직굵직한 기업을 일군 한국산업계의 영웅임이 분명했다.

어느 날 회의실에 간부들이 모였다. 정몽구 회장이 합병 사실을 알려 주었다. 정몽구 회장은 현대자동차를 물려받아 세계적인 기업으로 발전시켰다. 당시에는 현대정공을 설립해 운영하고 있었으며 세계 최대 컨테이너 제조회사였다. 현대차량인 우리 회사는 현대정공과 합병했다.

나는 그때 진골眞骨이 된 것을 나중에야 알았다. 요즘 사회에 신라시대 골품骨品 제도처럼 무슨 진골, 성골聖骨 타령이냐고 의아해하는 분들도 있겠지만 자본주의 사회에서 회사가 인수합병을 하다

보면 거기서 신분의 품계가 자동적으로 나뉘게 마련이다. 내 경험으로 현대자동차가 기아자동차를 인수했을 때 현대자동차에서 파견된 간부는 마치 점령군처럼 느껴져서 아무리 조심을 해도 힘들 때가 많았다. 몸집이 크고 본토박이에 가까운 현대정공 사람들은 성골이었고, 흡수되어 들어간 현대차량 사람들은 진골이 된 셈이었다.

하지만 인생만사 새옹지마塞翁之馬라 하지 않았던가. 현대차량이 현대정공에 흡수합병된 게 나로서는 인생역전의 기반이 되었다. 앞서 언급했듯 1년에 3~ 4개월을 출장 다니며 방위사업 부문에 매출액을 확정하는 일은 10여 년간 계속되었다. 경제 성장이 급속히 진행되면서 회사의 조직도 확대되었으나 진급 연한은 오히려 늘어났다. 입사 시에는 대리 2년, 과장 2년, 차장 3년, 부장 3년으로 부장까지 진급하는 데 10년이 걸렸으나 내가 진급할 때는 승진이 조금씩 어려워져서 3년, 3년, 4년, 4년으로 변경되어 부장 진급에 14년이 소요되었다.

경리부에 담당 중역이 계셨다. 어느 날이었다 서울 출장을 간 그분이 전화로 나를 찾았다.

"오늘부터 이 부장이 경리부서장 해야 해."

그 말을 듣는 순간 나는 믿어지지 않았다. 이내 가슴이 먹먹해졌다. 이제 나에게도 내가 바라던 '어떤 시간이 다가오고 있구나' 하는 기분이 들었다. 말단 4급 사원이 드디어 경리부 부서장이 되었다.

신입사원 때 말석에서 뒤를 보면서 어느 세월에 부장 자리까지 올라갈 수 있을까 생각했는데 나도 그 자리에 오른 것이다.

"어린이가 나라의 주인이란 말이 있듯 후배가 회사의 주인이다."

내가 직원들에게 늘 주장한 얘기다. 세월이 흐르면서 누구나 주인이 된다고 생각했다. 그러나 준비하는 자에게만 기회가 올 뿐이다.

햇빛이 포근한 토요일 오후였다. 퇴근 무렵 회사 입구 경비실에서 전화가 왔다.

"검찰에서 나왔는데요."

"이게 무슨 일이지."

나는 당혹스러웠으나 잘못한 일이 없으니 내심 담담했다. 검찰은 바로 경리부 사무실에 들이닥쳤다. 그들은 경리부 사무실 압수 수색 영장을 보여 주며 사무실을 탈탈 털었다.

그들은 원가계산 관련 서류를 수색하여 모두 챙겼다. 월별손익계산서를 찾아서 압수하여 가져가려 하자 나는 단호하게 막았다. 월별손익계산서 파일을 안고 그 자리에서 굴러 버렸다. 이것은 절대 내줄 수 없다고 항의했다. 나에겐 대단히 중요한 자료라고 생각했기 때문이다. 생산 부문의 활동을 정리하고 개별원가계산을 한 후 매달 보고하는 경영성과보고서였다.

검찰 직원들은 최근 10년간 조직도를 가져갔다. 10년간 같은 업무를 하는 직원은 나밖에 없었다. 내가 서울 대검에 불려갔다. 참고인 신분이었다. 담당 검사가 왜 서류를 붙들고 뒹굴었는지 물었다.

"경리부장의 자존심인데요."

그는 아무 말도 못 했다. 대단한 비밀이 있는 줄 알고 1개월 내내 조사했으나 비리나 부정 같은 것은 나오지 않았다.

나중에 알게 된 일이지만 누군가 관련기관에 방위산업체가 비리가 있는 것처럼 투서를 했다고 한다. 중요 방위산업 업체 원가계산 실무자와 영업 직원들이 4개월간 곤욕을 치렀다. 관련 자료는 트럭 한 대 분이나 되었다. 검찰 수사관, 국세청 전문가 등이 샅샅이 뒤졌으나 단서를 찾지 못하자 피의자로 전환하여 이른바 별건 수사까지 받은 사건이었다.

모든 조사는 무사히 끝났으나 대검에서 밤새워서 조사받기도 했다. 지금도 그 일을 생각하면 끔찍하다. 아무 잘못도 저지르지 않았는데 강압적인 수사가 이어지고 회사가 적극적으로 나서서 도와주지 않는 것이 서운했다. 회사 일하면서 알 수 없는 일로 처음 마음의 상처를 받은 사건이었다.

1987년 이후 노동조합 활동이 폭발했다. 민주화가 되자 그동안 억눌렸던 노동 현장의 욕구 불만이 극심한 노사갈등으로 번졌다. 매년 임금협상, 단체협상 체결 때면 언제나 파업이 벌어졌고 5월경에 협상이 시작되면 7월 말 또는 추석 전까지 생산활동은 거의 중단되었다. 심지어는 회장까지 감금하는 사태도 벌어졌다. 그때부터 노사문제는 가장 심각한 사회문제가 되었다. 아직까지도 우리 사회는 그 고질병에서 치유되지 못하고 있다. 노사 간에 균형이 이루어져야 한다고 생각한다.

인간에겐 이기심이 있다. 사용자는 노동자가 열심히 일해야 노동생산성이 늘어 기업의 수익을 늘릴 수 있고 사회에 기여할 수 있다고 생각한다. 노동자는 가능하면 적게 일하고 많은 급여를 받기를 원하는 경향이 있다. 이런 이기심 때문에 노사 간의 갈등은 평행선을 달린다. 그러나 균형점을 찾아서 회사도 발전하고 근로자도 발전하는 상생의 노사구조로 개선돼야 한다고 생각한다. 이즈음 나는 노사협상위원을 오랫동안 하면서 느낀 바가 많았다.

원래 나는 약자의 편에 서야 한다는 의식 때문에 나의 정치적 성향은 약간 진보적이었다. 하지만 극심한 노사분쟁을 겪으며 보수 성향으로 변했다. 기업은 노동력 착취만 하지 않는다고 생각한다. 돈을 벌어 세금을 내야 하고 근로자에게는 좋은 일자리를 제공해야 한다. 소명의식이 없으면 기업을 운영하기 어렵다는 점을 실감했다.

현대그룹 사훈은 '근면', '검소', '친애'이다. 근대 자본주의 정신이고 우리 사회가 자유민주주의로 발전하면서 도입한 서구의 청교도 정신이다.

현대그룹은 1980년대 후반부터 해마다 노사분규의 홍역을 극심하게 앓았다. 현대는 건설, 중공업, 자동차 등 중후장대重厚長大 사업이 중심 사업이라서 사업 성격상 남성 중심의 인력 구조와 거친 조직문화로 많은 노사분규가 있었다.

정주영 회장은 노사분규가 있을 때마다 자신은 임금 착취로 '현대'를 이룬 악덕 기업주가 아니며 나도 너희들처럼 완장을 차고 데

모하고 싶다고 분노를 표출하기도 했다. 정주영 회장은 자신이 배고픈 고생을 해보았고 막노동을 해보았으므로 근로자의 어려움을 누구보다 잘 이해하며, 그들의 단순함과 우직함을 좋아했다. 그는 노동자들과 어울리는 것을 즐기기도 했다. 그는 스스로를 '부유한 노동자'라고 칭하면서 언제나 한국경제가 이만큼 발전한 데는 열심히 일해준 근로자의 힘이 컸음을 강조했다.

그는 사막의 건설 현장에서, 혹한의 남극기지, 자동차 조립공장, 조선소 야드 등 국내외 어디서나 노동자들과 함께하며 기업을 발전시켜 왔다. 그리고 휴식 시간에는 대포 한잔과 노랫가락으로 서로의 고충을 달래가며 노동자들과 자연스럽게 융화되었다. 정주영 회장은 모든 임직원과 협력업체 가족들 모두를 '한솥밥 식구'라고 표현하곤 했다.

21

음주운전을 안 하는 진짜 이유

완벽과 최고의 차이는 엄청나다.
완벽은 결코 실수를 용납하지 않지만
최고는 어느 정도의 실수가 포함된다.
실수 없이 변화할 수는 없다. 그것이 변화의 본질이다.
-데이비드 바움

퇴근 후, 저녁 회식 자리였다. 우리 사회가 늘 그러하듯 식사 후에 술이 추가되었다.

평상시 나는 회식 자리에서 술을 자제하는 편이었다. 그런데 그날은 왠지 술이 당겼고 술술 넘어갔다. 작정하고 마시지 않으면 평소 소주 세 잔 정도가 내 주량인데 대책 없이 두 병이나 들이켰다. 만취 상태였다.

그날 아침 나는 기분이 좋은 일이 있었다. 그 무렵 나는 새벽 5시 30분에 기상하여 수영장에 가서 6시부터 1시간 동안 수영연습을 하고 있었다. 그날 나는 오랫동안 도전하던 자유형에 성공을 했다. 스스로 몸치라고 생각하던 나는 뛸 듯이 기뻤다. 얼마나 기뻤던지 다음 날 아침 수영장에 갈 생각에 하루 종일 들떠 있었다. 핑계 같지만, 마음이 들떠서 그랬는지 술김에 핸들을 잡은 것 같다. 한 번도 그런 일이 없었는데 알다가도 모를 일이었다.

입이 두 개라도 할 말이 없는 사연이 아닌가. 차는 두고 가야 했다. 보통 술에 취하면 누구나 용감해진다. 나도 모르게 음주운전을 했다. 1987년경에는 음주운전 단속이 없었다. 차량도 많지 않았고 음주운전이 사회 문제가 되지 않던 때였다.

소주 두 병을 먹고 운전한다는 것은 상상하기도 어렵지만 그땐 사고만 나지 않으면 별문제가 되지 않았다. 주행 중에 앞차의 꽁무니를 약간 스치는 접촉 사고가 있었으나 사고로 이어지지는 않았다.

사거리 신호 대기 중에 문제가 생겼다. 창원대로 입구 사거리였다. 신호 대기 중에 운전대를 붙잡고 나는 그만 잠이 들었다. 뒤편에서 차량의 경적 소리가 요란하게 울리는 바람에 간신히 잠에서 깨어 운전하려고 했으나 직진하지 못하고 중앙선 좌측으로 주행하는 다른 차량과 충돌했다. 아니, 중앙선 침범 사고를 내다니! 택시 2대, 대형 버스, 소형 트럭, 자가용 1대 무려 6중 충돌이라는 어마무시한 대형 사고가 일어났다.

주변의 소란스러움과 경찰의 호루라기 소리가 요란했다. 나는 그제야 부시시 잠에서 깨어나 사방을 둘러보았다. 번쩍 정신이 들었다. 눈앞에 펼쳐진 광경은 실감이 나지 않았고 문득 내가 차량 액션 영화를 찍고 있는 현장의 한가운데 있는 주인공처럼 느껴졌다. 그렇게 정신이 돌아오자 가슴에 통증이 왔다. 본능적으로 차의 시동을 걸어 보았으나 자동차 키가 돌아가지 않았다

"아! 교통사고가 났구나. 내가 사고를 쳤구나!"

현실을 인지하자 갑자기 눈앞이 캄캄해지면서 현기증이 일었다. 앞을 쳐다보니 길 위에 뿌연 연기가 자욱했다. 영화도 지독한 액션영화를 찍었구나 싶었다.

내 차는 소형 트럭 앞부분과 부딪혀 있었다. 내 차 앞부분 엔진룸이 소형 트럭 앞을 정면으로 부딪쳐서 멈춰 서 있었다. 나는 간신히 문을 열고 차에서 내렸다.

교통경찰이 주변 정리를 하고 있었고, 시내버스에서 많은 사람이 내려와 주위는 그야말로 아수라장이 되었다. 시내버스는 좌측편 도로 위로 올라가 있었다. 교통경찰에 다가가 회사 출입증을 건넸다. 누군가 등 뒤에서 귀엣말로 속삭여 주었다.

"사장님, 술 취하셨죠?"

"빨리 도망가세요."

너무 취해 있고 가슴에 통증이 있어 병원에 가야 한다는 생각에 교통사고 자리에서 도망치듯 피해 집으로 향했다. 누군가가 뒤편에서 "저놈 잡아라."라고 소리를 질렀으나 혼잡한 소음소리에 교통사고 자리를 간신히 피했다.

회사에 전화하여 정리를 부탁하고 집에 도착했더니 담당 직원들이 벌써 와서 기다리고 있었다.

"괜찮으세요?"

담당 직원은 이런 사건의 경험이 많은 듯 나를 적극적으로 돌보아 주었다. 내가 가슴 통증을 호소하니 곧바로 119를 불렀다. 병원에 입원하여 검사해 보니 달리 큰 문제는 없었다.

밤 12시경, 술이 어느 정도 깨고 정신이 든 후에 경찰서에 전화해 자진신고를 했다.

"당신 어디로 도망쳤어?"

"몸이 아파서 병원에 있습니다."

"당신 거기 꼼짝 말고 있어."

총무부 교통사고 담당이 여러모로 많이 도와주었다.

택시와 자가용은 어떻게 부딪쳤는지는 모르겠으나 큰 사고는 아니어서 보험처리로 일단락되었다. 시내버스는 옆면을 부딪혀서 판금 등을 했다. 문제는 버스 승객 중 뼈가 부러진 환자가 한 사람 있었다. 주행 중 사고가 아니고 사거리에서 난 사고여서 버스 승격이 40여 명이었는데도 부상자가 다행히 1명뿐이었다. 그분은 병원에 가서 진단을 했더니 코뼈가 부러졌다고 했다.

다음 날 아침에 알게 되었다. 이분은 코뼈가 부러진 것도 모르고 있었다. 다행히 병원비만으로 해결이 되었다. 문제는 시내버스 영업비 보상이었다. 수리 기간 동안 보험에서 나오는 1일 영업비와 실제 영업비 차이를 보상해 주어야 했다. 사고 시 마지막으로 부딪혔던 소형 화물차는 앞 범퍼만 교환하는 것으로 마무리했다. 그 기사는 우리 집 동네 시장 과일가게 주인이었다. 사고 정리 후에 찾아가서 인사를 했다.

내 차는 완전 폐차 처리되었다. 생애 처음으로 구입한 소형 승용차였는데…. 6월 5일에 경찰이 내가 입원하고 있는 병원에 와서 자동차사고 조서를 받아 갔다. 자동차 면허도 취소되었다. 교육을 받고 운전면허증을 재취득해야만 했다.

퇴원하는 날 아내가 약간 빈정거리는 투로 말했다. 나는 씁쓰

레하게 웃으며 생각했다.

“대형 교통사고를 내고 죽지 않고 살았으니 새로 태어난 날이다.”

새 옷으로 갈아입고 퇴원했다. 그때도 집사람이 고마웠다. 어처구니없는 교통사고 이후로 나는 절대 음주운전을 하지 않는 습관을 갖게 되었다.

22

또 다른 새 출발

기업가 정신이란 꿈이며 예술이며 과학이다.
그러나 한편으로는 매우 인간적인 과정이다.
- 그로비스 호리

1999년 5월 6일, 20여 년간 정들었던 창원을 떠났다. 가정을 이루고 아들딸을 낳고 경리 부장이 되었던 창원 벌을 뒤돌아보며 눈물이 핑 돌았다. 마치 고향을 떠나는 듯 애틋한 심정이었다. 대과 없이 주어진 임무를 마치고 또 다른 지구 여행을 시작하게 되었다.

기아자동차 화성공장으로 근무지를 옮겼다. 기아자동차는 1944년에 설립된 후 1973년에 경기도 광명시 소하리에 제1 공장을 1993년에 화성에 제2 공장을 완공하여 운영 중에 1997년에 경영악화로 부도가 났다. 그래서 1998년에 법정관리에 들어갔고 1998년 10월 현대자동차가 인수해 현대자동차그룹에 편입되었다.

화성공장은 연간 자동차 50만 대 이상을 생산하는 규모의 공장이다. 엔진공장, 변속기공장, 주조경합금공장, 프레스공장, 조립공장을 갖춘 대규모 공장이다. 1989년 준공된 수출 차종 생산기지다. 1분에 두 대 이상을 생산하는 자동차 공장이 신기하기만 했다.

현장 생산자는 부도 이전 직원이 그대로 근무 중이었으나 관리자들은 거의 대부분 현대 직원으로 바뀌었다. 기존 임원들은 한두 명을 제외하고는 모두 퇴사한 후 뿔뿔이 흩어졌다고 했다. 경리인원들은 생산관리부에서 자재 관리하던 인원이 모두 옮겨왔다.

본지점 회계(본사와 공장 간의 상호 간 거래를 처리하는 방법)를 갖추어야 했다. 제조원가 계산은 현대자동차 시스템을 도입하기로 결정해 정비하는 데 1년 이상 소요되었다. 자재가 서열입고(생산량만큼 자재 입고)되어 자동 불출되기 때문에 재고가 없다.

공장에서 소요 비용의 현금출납, 고정자산관리, 수입재고자산관리, 자재외상매입계정관리, 제조계정관리는 공장에서 해야 되기 때문에 경리업무에 대한 기본 역량을 갖추어야 했다. 경리 인원 대부분이 공과대학 졸업생이었다. 당연히 경리업무가 서툴렀다. 이래서는 안 되겠다 싶어 외부 교육기관에 위탁교육을 의뢰했다. 근무 시간을 할애하여 복식부기 실무, 원가계산, 세무조정 등을 배우도록 했다. 그때 배운 실력으로 경리 팀장까지 올라간 후배를 볼 때마다 마음이 흐뭇하고 고마웠다.

"참다운 지도자란 근면과 헌신으로 봉사한다. 능숙한 책략으로 다스리지 않고 성실로 다스린다."

나는 그런 리더가 되고 싶었다. 부도가 난 회사의 직원들은 얼마나 열패감에 빠졌을까.

다 같이 훌륭한 가정을 이루기 위해 자기가 맡은 일만 열심히 했던 평범한 가장들이다. 회사가 부도났을 때, 점심 지을 쌀이 없어서 주변 식당들이 쌀을 모아서 공장에 도움을 주었다는 얘기를 듣고 얼마나 어려웠을까 하는 연민의 정이 생기기도 했다. 부도난 회사의 관리직, 임원들의 삶은 어떻게 되었을까? 아마도 지금도 죄책감을 느끼며 살지 않을까 생각해 본다.

공장 관리직 대부분은 현대에서 파견된 직원들로 교체되었다. 공장장도 현대에서 왔다. 나는 점령군 티를 내지 않으려고 현대에서 파견된 직원들에게 조심하고 배려할 것을 부탁했다.

매일 아침 6시 30분에 새벽 별 보기 회의를 월요일 아침부터 금요일까지 했다. 현대차그룹에 화합과 소속감을 심어주기 위해 경영층에서는 여러 가지 노력을 기울였다.

체육 대회, 사내 마라톤 대회, 열린음악회, 연예인 초청 축구 대회, 전 공장 환경개선 등이다. 특히 관리자와 현장 작업 감독자와 같이 설악산 등반을 3박 4일 동안 시행하기도 했다.

자동차 공장의 조립 라인은 작업이 순서대로 진행되기 때문에 생산라인의 한 곳이라도 멈추면 전 라인의 가동이 중단되어 생산을 할 수가 없다. 즉 생산라인이 중단된 경우에 생산량이 줄어들어 회사 손익에 타격을 주기 쉽다. 노사갈등이 매일 일어났다. 안전사고가 나거나 사소한 갈등으로 생산 작업이 중단되어 생산량이 줄어들어 안타까웠다.

나는 현대그룹의 역사에 대한 교육강사가 되었다. 정주영 회장의 창업 과정과 현재까지를 요약해서 직원들에게 1년 동안 교육했다. 오히려 현대그룹의 역사에 대해 내가 더 배울 기회였다. 공자도 가르치면서 배운다고 하지 않았던가.

개인 기업의 경우 창업주의 영향력은 엄청나다. 가난한 농부의 아들인 정주영 회장은 현대그룹을 창업하고 한국 경제 발전과 운명을 같이 한 인물이다.

1968년 생산을 개시한 현대자동차는 1998년의 기아자동차와의 인수로 글로벌 톱 5에 진입했다. 현대조선소는 세계 1위를 유지하고 있다. 정주영 회장은 1970년 56세 때 조선소를 창업하고 황량한 바닷가에 소나무 몇 그루와 초가집 몇 채가 선 초라한 백사장 사진으로 26만 톤급 선박을 수주했다. 500원 짜리 동전에 나와 있는 거북선을 보여 주며 영국에서 자금을 빌린 얘기는 업계의 전설처럼 회자되고 있다.

현대건설은 1960년대 이래로 국가 근대화의 선도적인 역할을 맡은 건설회사이다. 발전소, 고속도로, 교량 등 나라 안의 굵직한 공사는 언제나 현대건설 몫이었다.

중동 건설인 주베일산업항 공사 수주와 공사의 진행도 전설이다. 무게 550톤 높이 36m(아파트 10층 높이)인 철골 구조물 899개를 울산에서 사우디아라비아 주베일항까지 바지선으로 운반하여 세계를 놀라게 했다.

현대그룹의 경쟁력은 어디에서 나왔을까? 현대 직원들은 이를 '현대정신'이라고 부른다.

첫째, 창조적 예지다. 미래를 도전하고 개척하는 정신이다. 항상 절벽이다 싶을 때면 번쩍하고 '이것이다'라고 아이디어가 떠올라 주었고, 끊임없이 무에서 유를 창조했다.

둘째는 적극적인 의지다. '하면 된다'는 확신 90%와 반드시 되게 할 수 있다는 자신감 10% 외에 안 될 수도 있다는 불안은 1%도 갖지 않았다. 위험하니까 안 하면 1%도 성공할 수 없다.

셋째는 강인한 추진력이다. 직원들은 한 달에 한 번 집에 갈까 말까 할 정도로 열심히 일했다. 더워서 옷을 갈아 입으면 여름이었고 추워지면 어느새 겨울이었다. 창업주 정주영 회장과 '현대맨'들이 현대를 이끌어온 놀라운 행동 규범이었다.

세 가지 현대 정신으로 반짝하는 아이디어는 창조적 예지, 긍정적인 사고는 적극 의지, 강인한 추진력은 실행력으로 상호작용할 때 큰 성과를 낼 수 있다고 생각한다. 인수된 기아자동차 직원에게 현대 정신을 교육하며 나도 현대맨으로서 자부심을 가졌다. 우리 모두가 가난한 농부의 아들들이 아니었던가.

그즈음 카렌스라는 신차가 화성공장에서 생산 출시되었다. 시장 출시 전에 화성공장에서 품평하는 모습도 보았다. 자동차회사는 소비자에게 좋은 차를 만들어 잘 팔리게 하려고 끊임없이 노력한다. 자동차 외관을 멋있게 설계해야 하고 시장가격에 맞추어야 하며 그 시대의 소비성향에 맞추어 시장에 내어놓아야 한다.

'카렌스'는 완벽한 차를 만들기 위한 현대차 품질경영의 시발점이 된 차량이었다. 기아자동차가 부도에서 회생하는 데 크게 기여한 효자 차량이라 할 수 있다. 심지어 나에게도 차량출고를 요청할 정도로 많이 팔렸다.

어느 날 아내가 내가 기거하고 있는 독신자 숙소를 방문했다. 아내의 눈가에 이슬이 그렁그렁 맺혔다. 숙소는 버스도 안 다니는 외진 곳에 있었고, 이렇다 할 편의시설도 없었다. 책상 하나에 이불장 하나가 있었을 뿐, 을씨년스럽고 황량하기 그지없는 숙소가 아내의 마음을 짠하게 만들었던 모양이다.

평택 안중을 거쳐 서해안 바닷가에 공장이 있고 뒤편에 숙소가 있어 외출하기도 어려운 오지였다. 일주일 근무 후에 읍내에 외출을 나가면 사람 사는 세상이라는 것을 느낄 만큼 외로운 곳이었다. 아침에 출근하고 저녁 늦게 퇴근하고 들어와 잠만 자는 생활이 연말까지 계속되었으나 우리들은 신나게 일했다.

그해 연말에 간신히 중역으로 승진할 수 있었다.

23

절름발이가 된 별

인생에 있어서 기회가 적은 것은 아니다.
단지 그것을 볼 줄 아는 눈과
붙잡을 수 있는 의지를 가진 사람이 나타나기까지
기회는 잠자코 있는 것이다.
- 로렌스 굴드

임원승진은 봉급쟁이가 별을 딴다고 한다.

직장생활 십수 년 만에 드디어 경영자의 반열에 오른 것이다. 특별히 염원하지 않아도 열심히 근무하면 당연히 주어지는 것이라 믿었던 것 같다. 임원이 되면 회사에서 처우가 달라진다. 근사한 단독 사무실을 주고 비서가 일정 관리를 해 준다. 상무가 되면 골프칠 수 있는 회원권도 준다. 전무가 되면 승용차가 회사에서 지급되고 부사장이 되면 운전기사가 따라붙는다. 하지만 그 자리를 유지하기 위해서는 매년 평가를 받아야 한다. 경영 실적이 오르지 않으면 승진이 되지 않을 뿐만 아니라 임원직에서 도중하차해야 한다. 경영자로서 자질이 보이지 않으면 임원은 임시직원일 뿐이다. 중역이 되었을 때 피나는 노력을 해야 하는 이유이기도 하다. 재평가를 받는 연말이 되면 살얼음판을 걷는다.

나는 임원(이사)으로 승진하여 서울 양재동 기아자동차 본사 재무관리 실장으로 자리를 옮겼다.

회계실, 사업관리실, 재무관리실이 재경 본부였다. 회계실은 경리·세무 업무가 주요 업무이며, 사업관리실은 회사의 경영성과, 즉 손익관리가 주요 업무이다. 재무관리실은 기아자동차가 구입한 자재납품대금 지급, 공장 운영자금, 전 임직원의 급여 등 회사 전 부문의 운영자금을 관리하는 조직이다. 회사가 잘 운영되어 계속 이익이 날 때는 문제가 없으나 경기가 기복이 있듯이 기업 운영은 언제나 기회와 위기가 반복된다.

따라서 언제나 긴장되고 자금을 조달하려는 무한한 노력을 기울인다. 장기 저리 자금을 차입하기 위해 채권을 발행하여 해외에 팔려고 노력하고 국내에서는 산업은행에 저리 자금을 받기 위해 지속적인 관계를 유지해야 한다.

해외 자금을 차입하거나 투자받으려면 주가가 유지되어야 한다. 주가는 경영성과와 연계되어 있어 쉬운 일은 아니다.

기아자동차는 2000년도 초에 법정관리에서 졸업했다. 현대자동차가 인수하고 1년만의 일이었다. 현대자동차와 연구소의 기술력, 구매, 생산기술, 품질관리 등을 공동 소유함으로써 시너지 효과가 극대화되었다.

비교적 빨리 법정관리를 졸업하게 된 이유였다. 애널리스트투자분석가들과 재무관리실은 회사의 경영성과를 정리하여 해외 투자자들에게 경영 정보를 제공하기 위해 해외 IRInvestor Relations 행사를 여러 번 했다.

국내 저명 애널리스트들의 주선으로 미국, 영국, 이탈리아 등 유수의 투자자와 기관을 수차례 방문했다. 회사 현황, 예상손익 사업계획 등 경영 전반을 만들어서 이들에게 설명하고 회사의 이미지를 높이는 일이다. 그들은 현대차그룹에 편입되었는데 기아 브랜드를 따로 사용하는 이유를 계속 물었다. 대답은 "2Two 브랜드로 간다"는 것이었다. 연구소, 품질,생산기술 등을 공유한다고 설명했다. 지금도 그렇게 회사가 운영되고 있다. 그것이 독립성을 갖고 기아자동차가 세계 유수의 자동차 회사로 성장한 이유 중 하나라고 생각한다.

나는 아무래도 지방 근무를 오랫동안 했기에 국제 감각이 떨어짐을 느꼈다. 영어회화를 좀 잘했으면 하는 아쉬움이 있었다.

국내 업무는 주식 관리가 중요한 업무이다. 회사에 중요한 영업 등 여러 사항을 증권시장에 매일 공시한다. 언론 보도를 모니터링하여 주가에 영향을 미치는 기사나 보도를 자제해 줄 것을 요청하는 일도 재무관리의 중요한 업무였다.

그즈음 중국으로 사업을 확장하기 위해 막 시도하는 중이었다. 중국 상하이 북부 염성盐城에 경상용차프라이드 공장이 소규모로 있었다. 이 공장을 구조 조정하여 승용차 면허를 취득해야 자동차 사업에 승산이 있으리라 판단하고 본격적으로 계약 협상에 나섰다. 나는 재경 본부장과 그룹 기획 부회장, 중국 사업 고문 등의 지시로 2000년대 중반부터 2002년 5월까지 중국 합작사 계약 협상에 매진했다.

중국 상해, 북경, 염성공장 등에 20여 회 출장을 가서 그들과 협상을 했다. 염성에 있는 열달이라는 회사가 동풍자동차에 지분을 25% 무상으로 주고 동풍은 기아 열달 동풍의 합작회사가 승용차 생산이 가능하도록 허가를 받아 주는 조건이었다. 지분비율은 기아 동풍 열달 50% : 25% : 25%였다.

약 2년 동안 회사의 이름, 조직, 지분율 등 합작 계약 협상은 지난하고 어려운 작업이었다. 중국어는 한국어와 뜻이 다를 수도 있기 때문에 신경을 곤두세우고 계약에 임했다. 경영 분쟁이 발생했을 때 절차 등을 세밀하게 사전 계약서에 명기해 놓지 않으면 기업 운영 중에 언제든지 충돌이 발생할 수 있다.

업무와 관련된 세부적이고 구체적인 계약서 협의가 필요했던 우리는 계약 협상의 대표로 통역과 중국어 계약서 작성이 가능한 변호사와 한 팀이 되어 2년여 동안 중국에 가서 협상해 합작 계약을 성사시켰다. 협상 파트너들이 믿음이 가지는 않았으나 2년 동안 열과 성을 다해서 협상했다.

2000년 5월초 계약 협상식을 거행하기로 되어 있었다. 다음날 아침에 계약 조인식 장소인 중국 남경으로 출발해야 하는데 중국측 협상 파트너가 추가 요구 조건을 제시했다. 대만을 판매 지역에 포함해 달라는 것이었다. 대만은 다른 나라이기 때문에 중국 판매 지역에 포함할 수 없었다. 하필 내일 아침에 계약 조인식을 해야 하는데 밤 12시에 요구한 것이다.

정말 야비했다. 중국 사람들은 가끔 벼랑 끝 작전을 펴기도 한다고 들었다. 밤중에 보고서를 쓰고 밤을 꼬박 새운 후 새벽 5시경에 경영진에 보고했다. 다행히 결재를 해 주어서 안도했다.

다음날 오전에 중국 남경에서 이른바 동풍 열달 기아 자동차DYK 설립 계약 협상식이 있었다. 정몽구 회장과 열달, 동풍 사장 등 귀빈들과 같이 중국과 한국의 합작사 실무자로서 참석할 수 있어서 뿌듯했다.

중국 장쑤성江蘇省의 주도인 남경에서 비행기를 타고 상해로 가는 중 내려다본 중국 땅은 얼마나 넓은지 실감했다. 40여 분 가는 동안 남경에서 상해까지 온통 유채꽃밭이었다. 서울에서 부산까지 거리 아닌가. 끝이 없는 노란 꽃들의 향연이었다.

사장실에 출장 보고를 해야 했다. 시간이 정해져 있기 때문에 동기인 본부장에 먼저 보고서를 들이밀었다 시간이 없어 "빨리 해줘" 그랬더니 그가 미간을 찌푸렸다. 그는 나보다 4살 어린 나이인데도 동기로 입사했고 승진도 나보다 빨랐다.

"이 이사는 사장 편이 아닌데…"라고 얘기했다. 나는 약간 어리둥절했다. 누가 누구의 편이란 말인가? 그가 동기라는 친밀감보다 까칠하게 대하는 이질감을 도저히 이해할 수 없었다. 다가서려고 해도 별다른 대책이 없었다.

'동기 때문에 인간관계의 어려움을 겪을 줄은 꿈에도 생각하지 못했는데…'

그때부터 우리의 사이는 점점 벌어졌다. 나는 늘 우애롭게 지내고 싶었는데 그와는 한 번도 그 간절한 소망이 이루어진 적이 없었다. 서로 간에 우애로운 관계를 맺으려면 대화로 소통의 길을 열어야 하는데, 동기임에도 불구하고 그와는 그 일이 도대체 불가능했다.

전생에 무슨 악연이 있었던 걸까…. 이유조차 알 수 없어서 견디기 힘들었다. 내가 조직에 맞는 체질이 아닌가라고 자책하기도 했다. 또다시 잠 안 오는 밤이 이어졌다. 마음의 상처는 깊어만 갔다.

나도 이렇게 말하고 싶었다.

"상관은 일을 고역스럽게 만들고 리더는 일을 재미있게 만든다. 상관은 부하를 부리려고만 하고 리더는 앞장서서 솔선수범한다. 상관은 권위에 의존하고 리더는 팀워크에 의존한다. 상관은 공포심을 심어주고 리더는 신념을 심어준다."

업무협조가 잘 되지 않는 바람에 나는 2003년 1월에 화성공장 총무실 담당 임원으로 강등되었다. DYK를 출범시켰다는 자부심만으로 절름발이가 되었다.

세월이 약이라 했던가. 지금 와서 생각해보니 그때의 상황이 어느 정도 이해가 되었다. 그래서 상대를 용서하는 마음이 생겼고, 그런 일로 해서 나는 인간적인 고뇌와 성숙을 동시에 갖게 되었다.

Chapter 4

▲현대기아차 본사

24

속이 새까맣게 타들어간 이유

네 믿음은 네 생각이 된다.
네 생각은 네 말이 된다. 네 말은 네 행동이 된다.
네 행동은 네 습관이 된다.
네 습관은 네 가치가 된다.
네 가치는 네 운명이 된다.
– 간디

상처를 입고 절름발이가 되어 재무관리실에서 참담한 성적을 남기고 다시 화성공장에 부임했다. 그렇다고 영원한 불구가 될 수는 없었다.

직책은 총무 담당 중역이었다. 총무실은 공장 시설관리, 식당 운영, 외빈 영접 등 실무적 업무와 안전 환경을 담당하는 부서였다.

예를 들면 공장의 수리 작업을 할 때 용접기를 사용하려면 안전 조치를 취하지 않으면 작업을 못 하게 한다. 자동차 공장은 화재가 나면 엄청난 피해가 발생하기 때문에 안전 작업을 철저하게 해야 한다. 작업장 주변에 가림막을 설치하여 용접 불똥이 튀지 않도록 안전 조치를 하지 않으면 작업을 할 수 없도록 하는 조치다. 도장공장 경우 습도가 규정에 맞지 않으면 출입 시 스파크로

화재가 날 위험이 크다.

음지의 일로 생각되지만 공장 안전관리는 대단히 중요한 일 중 하나이다. 작업 안전에 관한 모든 사항을 총괄하는 부서다. 자동차 공장에 생산 담당 중역이 되려면 안전 관리업무를 필수경력으로 하는 회사도 있다.

노동조합의 안전 환경 관련 조직이 있다. 새로운 임원이 부임했으므로 그들이 코스프레Costume play를 하는 것이었다.

내 사무실에 노동조합원들이 막가파식으로 들이닥쳤다. TV를 던져서 유리창을 깨고 책상을 뒤집어엎었다. 정말 이해할 수 없는 일이 벌어졌다. 도대체 왜 그러는지 알 수가 없었다. "자기들 영역에 잘 모르는 사람이 왔다고 텃세 부리는 것일까?"라고 생각했다. 그래도 이것은 도를 넘친 지나친 행동이었다. 나는 감정을 억누르며 이성적으로 냉정하게 대처해 나갔다. 지체 없이 손해 금액을 산출해 노동조합을 상대로 손해배상 청구 고발하겠다고 경영층에 보고했으나 사장은 "NO"했다. 그때는 그런 때였다. 이유 없는 분풀이를 하는 것 같았다.

숙소로 저녁 11시쯤 급히 전화가 왔다. 생선라인이 중단되어서 노사 협상을 해야 한다는 것이다. 급히 회사로 출근했다. 아니나 다를까 생산 라인이 중단되어 있었다. 이유를 알아보니 어이가 없었다.

공장 주변 밭에 농부가 닭똥 거름을 뿌린 것이 화근이었다. 낮에는 바람이 육지에서 바다로 불어서 문제가 없었다. 그런데 저녁에는 반대로 바다에서 바람이 불어온다. 저녁 바람에 닭똥 썩은 냄새가 진동을 했다. 냄새 때문에 작업을 할 수 없다는 것이다. 냄새가 나서 안전한 작업을 할 수 없어서 생산라인을 중단했다고 했다. 촌부가 농사지으려고 뿌린 닭똥 거름을 사용자 책임이라고 주장하면 말이 안 되지 않느냐고 설득했다. 간신히 생산 라인은 가동할 수 있었다.

다음 날 저녁에 또 걱정이 되었다. 어떻게 할까 노심초사하고 있는데 담당자가 아이디어를 냈다.

"밭에 비닐을 덮으면 어떨까요?"

우리는 주인의 허락을 받고 300평 넘는 밭을 비닐로 모두 덮어버렸다. 웃지 못할 일이지만 며칠 지나니 그 문제가 잠잠해졌다.

1만 명 이상이 근무하는 공장이기 때문에 크고 작은 사고는 매일 일어났다. 그중에 사망사고는 잊을 수가 없다. 변압기 청소하다가 감전된 사고였는데 아연실색하지 않을 수 없었다. 변압기 주변의 먼지를 제거하려고 철제 파이프를 에어건에 연결해 청소하다 감전되었다고 했다. 급히 병원에 갔으나 이미 사망한 뒤였다.

또 다른 사건은 야간근무 후 아침에 퇴근하다가 길가 수로에 차량이 거꾸로 처박히며 전복되어 익사한 사건이었다. 급히 병원으로 옮겼으나 회복하지 못했다. 나는 그의 부모에게 전화해서 병원으로 나오시라고 했다. 영문도 모른 채 그의 아버님과 어머님이 나왔다. 나는 말이 목에 걸려 나오지 않았다.

"아드님이 사망했습니다."

그의 어머니는 그자리에 쓰러졌고 아버지는 나를 붙들고 통곡

했다.

사건이 날 때마다 나는 맨 먼저 병원으로, 사고 현장으로 뛰어다녔다. 안전사고가 날 때마다 생산 현장은 노사협상이 끝날 때까지 작업이 중단되곤한다.

사용자 측의 잘못이 더 크다. 그러나 작업자 부주의도 무시할 수 없다. 죽음 앞에서는 이유가 없다. 사용자가 노동조합의 요구를 모두 들어주고 위로금까지 주어야 해결된다.

노동조합에는 산업안전보건 조직이 있다. 그때 산업안전보건법이 대폭 개정되어 작업 현장은 언제나 긴장 상태였다. 작업 중 사고가 나는 경우 진단서를 근거로 병원에 장기 입원하는 사례도 많아졌다.

작업 안전과 관련된 검사 요청 건이 있었다.

생산 현장에 시너Thinner라는 물질이 있는데 거의 매일 사용한다. 페인트를 희석시키고 사용이 끝난 물감 등을 닦아내는 용도로 사용되는 용매다.

노동조합 산업안전실에서 사용자 측에 요구했다. 시너를 얼마나 오래 사용하면 암이 걸리는가를 시험해서 통보해 달라고 요청했다.

조합의 요구는 거절하기 어렵다. 그것을 시험할 수 있는 연구소가 한국에는 없었다. 누가 시너를 암이 걸릴 때까지 문질러서 시험할 수가 있을까? 노동조합은 불가능한 일까지 요구한다. 사용자가 안 된다고 하면 이를 핑계로 생산라인을 또 중단한다. 생산

라인에 근무하는 관리직들은 하루에도 여러 번 속이 새까맣게 타들어 갔다. 그래서 생산라인 관리직들은 조상 묘를 잘 못 쓴 죄가 있다는 우스갯소리를 한다.

25

전화위복이 된 절름발이

삶은 소유물이 아니라 순간순간의 있음이다
영원한 것이 어디 있는가 모두가 한때일 뿐.
그러나 그 한때를 최선을 다해 최대한으로 살 수 있어야 한다.
삶은 놀라운 신비요, 아름다움이다.
-법정스님 『버리고 떠나기』

2003년 8월 30일, 상무로 진급해서 양재동 현대자동차그룹 감사실로 인사 명령이 났다. 감사실은 인품이나 실력이 뛰어나고 공정한 사고를 지닌 사람이 발탁되는 곳으로 알려져 있다. 내가 그곳에 배치되었다니 놀랍기만 했다. 자동차 본사 건물 25층에는 회장실이 있고 감사실은 23층에 위치해 있었다.

많은 사람을 고용하는 경영주는 직원들이 일을 잘하고 있는지, 경영 목표가 적절하게 달성되는지 등 걱정거리가 이만저만이 아닐 것이다. 그런 이유로 회장실 가장 가까이에 감사실을 두는 모양이다.

당시 양재동 본사 1층 로비에는 다른 곳에서는 전례를 찾아볼 수 없는 방들이 꾸며져 있었다. 그것은 온통 품질에 관련된 방들이었다. 이름하여 '품질총괄본부'다. '품질상황실', '품질회의실',

'품질확보실'이 그것들이다. 이 '품질총괄본부'는 품질경영을 자신의 경영철학의 '넘버원'으로 삼겠다는 정몽구 회장의 의지를 상징적으로 보여주는 것이다.

품질이 확보되지 않는 한 다음 단계로 넘어갈 수 없는 회장의 의지로 '품질패스제'를 도입했으므로 품질향상은 지상 명제가 되었다. 현대차 품질경영의 전초기지라 할 수 있는 품질상황실은 24시간 가동되면서 실시간으로 전 세계 5천여 딜러 및 애프터서비스 네트워크로부터 품질과 관련된 불만사항을 수집해 처리하는 곳이다.

품질상황실 안의 회의실에는 자동차에 들어가는 각종 부품이 총망라되어 전시되어 있다. 이 전시장이 생긴 것은 품질과 관련된 문제가 생겼을 때 상황실 직원들이 실제 부품을 눈앞에 놓고 설명을 들으면 더 쉽게 문제 파악이 될 것이라는 정몽구 회장의 지시에 따라 마련된 것이다.

감사실은 품질경영을 뒷받침해야 하는 막중한 의무가 지워진 부서였다. 내가 맡을 감사2팀은 이미 많은 전문가들이 모여 있었다. 구매, 생산, 연구소 활동, 판매 마케팅, 서비스, 경리, 총무 등등….

그 외 해외법인 등 각 분야에서 대리, 과장, 차장 등이 파견되어 조직을 구성하고 있었다. 생산기술연구소 품질 본부를 제외한 현대자동차그룹 소속 전 법인, 해외 판매법인 등이 감사2팀의 주 업무 소관이었다.

감사실은 회사의 자체 감사 조직으로서, 회사의 업무 집행 상황을 점검하고 규정에 위반하는 행위를 시정, 개선하는 업무를 수행하는 곳이다. 감사실이라고 하면 왠지 '갑甲질' 하는 곳으로 인식하기 쉬운데 윤리경영, 투명경영을 추진하기 위해 늘 아이디어를 내야 하고 조직에 새로운 활력소를 만들어 내야 하는 부서다.

나는 감사2팀을 총괄하는 책임자로서 팀원들에게 이렇게 말했다.

"감사는 과거의 잘못을 지적만 하는 것이 아니라 과거 경영과정의 활동에서 사소한 부분까지 최선을 다했는가? 규정을 지키지 않았는가? 다른 방법은 없었는가? 등을 검토하고 향후에 일상 경영활동이 개선될 수 있도록 최선의 해결 방안을 제시하는 것입니다. 최대한 공정하게 일상 업무를 평가하고 실현 가능한 대안을 제시하고자 하는 것이 감사 업무의 목표입니다."

그리고 이어서 감사가 시작되면 감사 회사에 가서 전 중역 및 관리자들과 같이 감사를 시작하기 전에 양해를 구하는 당부의 말도 했다.

"감시자, 조사관이라는 역기능이 있습니다만 업무 리스크의 조기 발견, 사전 예방조치, 업무의 효율성이 재고될 수 있는 대안을 제시하고 노력하겠습니다."

감사팀은 5~6명을 한 팀으로 구성한다. 제조공장의 경우 생산관리, 생산 기술, 생산, 보전, 품질, 구매, 재경까지 망라하여 거의 전 부문을 감사한다.

감사 기간은 2~3개월이 소요되고 감사 결과를 중역과 관리자들에게 브리핑, 보고회를 통해 알려준다. 감사 결과를 경영층에 보고한 후 개선요청 사항 등 문제가 있는 부분은 피감사 회사에 피드백하도록 조치한다. 업무개선 사항은 비교적 조치하기 쉬우나 개인적인 비리가 발견되었을 때는 입장이 난처했다. 왜냐하면 인사 조치를 해야 하기 때문이다.

감사 업무를 하면서 특별한 경험을 했다. 나는 인간에 대한 불신이 없는 편이었다. 어렵게 자라기는 했어도 다른 사람에게 크게 속거나 사기를 당하지는 않았다. 그런데 감사실에 근무하면서 생각이 약간 바뀌었다. 인간을 믿을 수 없을 때가 있다는 것이다. 특히 자신의 손익문제가 달렸을 때 인간은 항상 이기적이라는 걸 깨달았다.

인간의 본성은 이타심도 있지만 이기심이 앞설 때가 많다는 생각이 들었다. 대다수의 사람들은 어려운 일을 만나면 자신도 모르게 이기심이 작동한다. 요즘 세간에 보도되는 회계 부정 사건을 자세히 들여다보면 사람의 문제 이전에 제도와 감시의 문제일 수도 있다. 사회제도가 완벽하지 않으면 인간은 언제나 이기심이 발동할 수 있다는 생각이 들었다.

감사실에 오랫동안 근무하게 되면 타인을 의심하게 되는 경우가 많다. 계열사 감사 시 부정과 비리를 발견하곤 한다. 감사의 목적은 아니지만, 이 부분은 직원들에게 경종을 울리기 위해 의도적으로 감사한다. 인간의 이기심으로 회사를 망칠 수 있기 때문이다.

감사를 마친 다음 감사 내용을 설명하는 강평 시간을 갖는다.

다음과 같은 명언을 그들에게 얘기하곤 한다. 녹을 받으며 가정을 지키고 자존감을 높여주는 직장에 인간적인 도리가 있어야 하기 때문이다.

"경영이 잘될 수 있도록 헌신적인 태도를 유지하자. 당신이 하기 싫은 일을 하는 것이 도전이다. 자기가 싫은 일을 할 수 있다는 의미에서 직장은 경영훈련장이다. 최고가 될 수 있는 일과 열정적인 일을 찾아라. 문제해결 능력은 도전적인 일을 처리하면서 길러진다. 어떤 일이 일어날 것을 예상하면 그 기대감이 사람의 행동을 변화시킨다. 반드시 성공할 것이라고 기대하면 대체로 성공하고 실패하리라고 예상하면 십중팔구 실패한다."

26

중국 지주회사 총경리가 되다

기업의 번영은 고객 유치에 달려 있다. 기업이 고객을 유치하고 유지할 수 있도록 돕는 것, 그것이 바로 기업에 몸담고 있는 모든 사람의 임무다. 만약 당신이 고객을 유치하고 유지할 수 있는 방법을 제시한다면, 그리고 당신이 지원한 기업이 우수한 기업이라면, 그 기업은 분명 당신을 채용할 것이다.

-제프리 J. 폭스

2004년 11월 25일 전무로 진급했다. 한때 절름발이가 되었던 나는 오히려 날개를 달았고 무난히 업무를 수행할 수 있었다. 그 결과 중국 베이징 지주회사 총경리사장으로 인사 명령이 났다. 2001년 WTO에 가입한 이후 중국은 시장경제 체제가 도입되면서 경제 성장이 급속하게 진행 중이었다.

현대자동차그룹은 중국의 WTO에 가입 후, 중국에 대거 진출했다. 북경 현대자동차는 베이징 순이구顺义区에 30만 대 공장을 북경 기차와 합작회사를 만들어 2002년부터 운영하고 있었으며 제2 공장 증설을 서두르고 있었다.

현대자동차의 중국 진출은 해외 다른 경쟁업체들보다 꽤 늦은 편이었다. 현대차의 중국 사업이 본격적으로 시작된 것은 정몽구 회장의 지시로 2000년 11월 중국 베이징에 중국총괄본부가 설립되면서부터다. 중국이 WTO에 가입하기 바로 전 해였다. 그 무렵은 이미 폴크스바겐 GM 등 해외 메이저 업체들이 중국 시장에서 터전을 잡고 호황을 누리던 때다. 일부에서는 현대차가 중국행 막차를 탔다는 걱정을 하는 이들도 많았다. 그러나 정몽구 회장은 뚝심으로 현대·기아차의 중국 진출을 밀어붙였다.

2002년 말 출범한 베이징현대기차(北京現代汽车. 중국어 '기차'는 우리말로 자동차를 의미한다)는 현재 현대자동차 해외 공장 중 가장 빠른 성장세를 보여주는 곳이다.

베이징현대기차는 비록 출발은 늦었지만 2004년, 15만 대 생산에, 14만 5천 대를 판매, 중국 내 완성차 브랜드 중 4위를 차지했다. 출범 첫해인 2002년 말 메이드 인 차이나 1호 EF쏘나타를 생산한 이래 불과 2년 만에 이룬 기적 같은 성과였다. 2년 전 그 누구도 현대차가 세계 자동차의 격전장인 중국에서 이 같은 성공을 거둘 것이라고는 예상하지 못했다.

기아차는 장쑤성江蘇省 염성에 내가 계약 협상을 맡은 DYK(동풍 열달 기아)를 설립하고 한창 성장할 때였다. 중국 시장을 또 다른 기회의 땅으로 보고 결사적으로 진출을 시도하던 때였다.따라서 중국 사업을 총괄 기획하기 위해 지주회사가 필요하게 되었다.

회사의 정식 명칭은 현대기차중국투자유한공사였다. 지주회사란 현대차그룹의 현대자동차, 현대모비스, 기아자동차, 글로비스 등 다른 회사 지분을 보유하면서 사업 활동을 기획 지배하고 배당금 등으로 사업을 영위하는 회사다. 대주주 입장에서는 지주회사가 여러 가지 장점이 있다.

여러 분야 사업이 중국에 진출하면 의사결정의 통합이 쉽지 않다. 대주주의 그룹 지배력이 약화될 수 있다. 경영의 효율성 강화와 대주주 입장에서 지배력을 강화할 수 있는 회사가 지주회사이다.

나는 운이 좋게도 그 지주회사의 초대 총경리로 부임하게 된 것이다. 현대그룹은 나의 부임 이전에 지주회사의 설립을 진행하고 있었다. 신설된 회사라서 수많은 일들이 산재해 있었다. 지주회사의 사업계획이 가장 중요한 일이었다.

지주회사의 지분 참여 계획, 경영회의체 운영 계획, 수익모델 방안 기획 등은 사장이 해야 할 중요 임무다. 지주회사가 스스로 성장하기 위해 비즈니스 모델이 필수였다.

북경 현대와 염성 DYK가 생산하고 있는 자동차를 제외한 한국 생산 차량의 중국 판매사업을 인수해서 탄탄한 수익 기반을 만들었다. 나는 25층 높이의 현대자동차 북경 건물 총경리도 겸하고 있었는데 임대 수익이 있어서 원활한 경영이 가능했다.

경영회의체는 경영전략(회장 주재) 회의를 운영하려면 그룹 회장이 지주회사의 동사장(이사회 의장)이 되어야 한다. 지주회사 총경리가 총괄 관리하는 경영관리 회의로 결정되었다. 문제는 지주회사의 사업 계획이었다.

12월 7일~11일 사이에 정몽구 회장이 회사에 방문 시 사업계획서를 승인받아야 했다. 먼저 파견된 직원들이 만들어 놓은 사업계획서 초안을 100번 가까이 고쳤다. 그러다 보니 사업계획을 거의 다 외워 버렸다. 현대자동차그룹의 현지법인 경영관리, 지분투자, 인허가 지원, 중국 투자 타당성 조사, 현대차 브랜드 전략, 부품 통합구매 수출입 대행, 디자인 현지화 전략 등이었다.

회장 방문 시 중국에서 근무하는 모든 주재원이 참석하는 지주회사 경영전략 회의가 있었다. 북경현대, DYK, 모비스, 현대제철 등 모든 계열사 사장들이 참석하여 업무 보고를 했다. 그런데 정작 지주회사 사업계획은 보고 하지 못했다. 이유는 업무 범위가 너무 넓어 재검토가 필요했기 때문이다.

정몽구 회장이 회의 중에 갑자기 다른 질문을 했다.

"이 건물에 MICROSOFT가 입주해 있다는데 몇 개 층을 사용하고 있지요?"

나는 아차 싶었다. 파악하지 못하고 있었다. 얼핏 들은 것 같았으나 명확하지 않았다. 그렇다고 대답하지 않을 수도 없어서 짐작가는 대로 말했으나 잘못 얘기했다.

"이 사장은 건물 사장총경리인데 그 정도는 파악하고 있어야지요."

부드러운 음성이었으나 매서운 질책이었다. 가슴이 덜컹했다. 지주회사 총경리 자리에서 바로 경질되는 게 아닌가 좌불안석이었다.

"중국에 자동차 판매 사업 영업소를 설치하는 것이 좋겠지요? "

회장은 주제를 바꾸어 부드러운 어조로 말씀하셨다.

"제가 검토하여 보고드리겠습니다."

나는 되도록 침착하게 대답했다. 회의가 끝날 무렵 분위기는 사뭇 부드러워졌다.

지주회사가 현대차 중국 총괄 법인이므로 대외 업무가 지주회사 소관이었다.

흔히 사람들은 중국은 알다가도 모를 나라이고, 중국인은 속이 뻔한 것 같으면서도 그 깊이를 알기 어렵다는 말을 많이 한다. 많은 한국인들은 오랜 세월 동안 동일한 유교 문화권에서 살아왔다는 이유만으로 중국을 누구보다 잘 이해하고 있다는 착각에 빠져 있다. 그러나 한국인들은 중국을 유교문화의 종주국으로만 바라보았지 그 실질적인 운용에 대해서는 무지하기만 하다. 가령 만만디慢慢地라든지 관시關係, 미엔쯔面子 등의 중국인을 대변하는 습성들을 이해하는 것은 쉽지 않다는 말이다.

나는 지주회사 대표직을 수행하면서 고위직들을 접할 기회가 많았다. 한국 대사관의 고위직에게 들은 중국인들의 사업에 대한 조언이 기억에 남는다. 그들의 조언을 대강 정리해 보면 이렇다.

"중국인은 대규모 조직을 운영하는 경험이 부족하다. 중국인은 돈 거래 시만 자본주의고 그 밖에는 모두 통제되는 사회주의다. 중국인은 언제든지 돌아설 수 있다. 신중하게 일 처리를 해야 한다. 중국인은 상대방을 대체로 의심하고 허장성세虛張聲勢가 심하고 체면을 중시한다. 중국인의 DNA에 있는 손자병법처럼 전쟁에서 승리하는 계략은 대부분이 상대방을 속이는 속임수다. 조직을 이용하여 본인의 출세만 신경 쓸 뿐 회사의 발전은 남의 일이라고 여길 수 있다. 유구한 역사에 녹아 있는 중국의 풍부한 사상과 경험은 온화함이 처세에 좋은 방법임을 증명하고 있다.

중국인은 단도직입적인 것을 싫어하여 상대방에게 쉽게 마음을 열지 않는다. 적당하게 자기의 의견을 얘기해서 상대방의 기분을 상하지 않도록 한다. 보수적, 안정적 심리가 강해서 위험을 무릅쓰고 새로운 것을 받아들이는 데 소극적이다. 다수가 나가는 방향을 의심할 바 없이 옳은 것으로 인식하여 법도 다수를 책망하지 않는다.

주로 자신감이 부족하고 문제해결 시 주관이 부족하여 위험을 무릅쓰려고 하지 않고 책임지는 것을 두려워한다. 차라리 앞장서는 사람을 뒤따르며 덕 보는 것이 낫다고 생각한다.

특히, 대인관계는 체면을 세워 주어야 한다. 그들은 다른 사람에게 높이 평가받는 것을 목표로 삼는다. 체면을 중요하게 생각하는 이유는 다른 사람으로부터 호감을 얻기 위해서이다. 적극적으로 친구를 만들어야 마음을 연다. 자기의 이익에 연관되어 있으면 확실하게 일을 처리한다. 말할 때나 들을 때나 성실을 근본으로 하는 것이 중국인을 대하는 가장 좋은 방법이다."

이러한 조언들은 나의 중국 생활에 큰 도움을 주었다.

지주회사 사업은 AFTER MARKET 진출이 가장 큰 목표였으며 중국법인 경영관리, 교육사업, 품질향상사업, 중국 시장조사, 중국 제품 디자인, 계열사 지분투자 등이었다.

투스카니라는 수입 스포츠카의 휠 얼라인먼트Wheel alignment 쏠림 문제가 발생했다. 경현(북경현대 정비사업소)이라고 하는 정비사업소를 북경에서 운영하고 있었다.

이곳에 가서 타이어 휠을 조정했으나 차량이 수차에 걸쳐 직진하지 않자 중국 차량 소유자들이 중국의 소비자보호원에 신고한 것이다. 문제 차량이 30여 대가 넘었다.

후에 휠 얼라인먼트 정비 기계 고장으로 밝혀졌으나 이미 엎질러진 물이었다.

소비자보호원은 소비자의 불만을 조사하고 결함 자동차 제품 판단 통보서를 지주회사에 보내왔다. 설계 잘못으로 주장하며 관련 절차 진행을 요구했다. 지주회사는 중국 소비자보호원에 기술감정통보서를 일차적으로 인정했다. 중국 전문가 차량 조사를 실시하기로 하고 중국 법 절차를 성실히 따랐다. 잘못을 인정하지 않으면 강제 리콜 조치로 수입 차량을 전량 회수하고 수입 금지 조치가 내려질 판이었다.

투스카니는 중국 천진항으로 수입하고 있었다. 모든 판매를 중단하고 관련 당국 조사에 적극적으로 임했다. 차량이 쏠림현상이 나게 설계하는 회사가 어디 있겠는가. 천진항에 있는 수입 차량을 무작위로 선정하여 직진 시험을 했다.

시험 결과는 쏠림현상이 전혀 없었다. 제작 과정을 조사하기 위해 중국 측 조사단이 한국 현대자동차를 방문하기도 했다. 울산에 있는 현대자동차를 방문한 중국 자동차 전문가들이 매우 놀라워 했다. 그도 그럴 것이, 울산 현대자동차는 수백 대의 로봇이 가동되는 등 첨단 설비로 움직이고 있었던 것이다. 중국 조사단은 모든 차량을 로봇이 실시간 검사하고 있는 것을 보고 기가 질리는 듯했다. 우리 측 전문가가 중국 조사단에게 이렇게 설명했다.

"우리 현대자동차는 공장 라인이 로봇 작업자로 모듈화되어 자동화 비율을 획기적으로 높였습니다. 이는 복잡한 작업공정을 대폭 줄여 사람이 작업할 때 발생하는 오류를 방지하고 차량의 품질과 완성도를 높일 수 있는 장점을 지니고 있습니다."

중국 조사단은 모두 만족한 표정으로 돌아갔다. 그들의 요구에 성실히 임하여 문제를 해결한 사례였다.

2005년 4월 중순 베이징의 봄이 무르익었다.

서울보다도 북쪽에 위치한 베이징의 겨울은 혹독하게 추웠다. 현대자동차 건물 인수 기념행사가 있었다. 이 건물은 현대건설이 보유하고 있던 중 현대자동차가 매입해서 현대자동차그룹 계열사가 모두 입주하고 있는 건물이다. 25층 높이에 지하 2층 규모로 대단히 잘 지어진 건물이었다. 나는 이 건물의 사장직도 겸하고 있었다. 그날 오전에 건물 인수 기념행사가 있었다.

한국에서 부사장급들이 참가하여 성대하게 치러졌다. 건물 사이에 골바람이 심하게 불어 행사용 대형 배너가 날아가는 사고도 있었다. 건물 1층에는 자동차와 엔진, 트랜스미션을 전시하여 중국 손님들의 관심을 끌도록 했다.

같은 날 저녁에는 대규모 지주회사 창립기념식이 있었다. 500여 명의 손님들을 초청했다. 북경 현대자동차의 이미지가 대단히 좋았던 때였다. 북경 순의구에 설립한 현대자동차 공장은 2003년에 가동했다. 기존 공장을 개조하면서 생산까지 했다. "현대속도"라는 말이 중국에서 회자되던 때였다. 북경 현대는 한국의 자랑거리가 되었던 때라 현대기차북경지주회사의 창립 기념식에 중국인들도 대거 참여했다.

행사 중에 아무도 모르는 해프닝이 생겼다.

행사가 거의 끝나가는 시간에 같이 참석한 모 부회장이 갑자기 무대로 뛰어나가면서 행사를 중단하려 한 것이다. 저녁 식사 시간이 너무 늦다는 이유였다. 나는 급히 뒤따라갔다. 현대차 그룹의 중국 사업 비전만 발표하면 끝난다고 설득했다. 만약 행사가 마무리되지 못하고 끝났다면 창피를 당했을 게 뻔한 일이였다.

아찔한 순간이었다. 초저녁에 치르는 대규모 행사는 보통 저녁 만찬과 동시에 하는 것이 맞는 것 같다. 행사 경험이 부족했던 나의 불찰이었다. 간신이 행사가 끝나고 저녁 식사를 계획대로 진행할 수 있었다.

디너 파티를 위해 초청한 가수 주현미 씨의 무대가 분위기를 완전히 화기애애하게 바꿔 주었다. 언어가 다르고 말이 통하지 않아도 서로가 소통할 수 있는 노래의 힘을 새삼 깨달았다. 다행이 대규모 행사를 무사히 마칠 수 있어 안도했다.

나는 중국 주재원으로 가기 전 중국어를 조금 배웠다. 중국어는 발음에 높낮이가 없는 한국인에게는 대단히 배우기 어려운 말이다. 중국어의 독특한 4성 때문이다. 대화할 때 음의 높낮이가 다르면 전혀 다른 뜻이 되기 때문에 중국말을 잘하기가 매우 어려웠다.

지주회사에서 매일 오전 7시에서 8시까지 중국어를 공부했고 직원들이 숙달되도록 노력했다. 그러나 쉬운 일은 아니었다. 나는 일찌감치 포기했다. 초급 중국어를 마스터했더니 초등학교 4

학년 수준보다 못하다고 해 좌절하지 않을 수 없었다. 통역이 항상 따라다니는 나는 중국어 공부에 재미를 느끼지 못해 아쉬움이 남았다.

27

중국에서의 단상

하늘은 말하지 않는다.
사시(四時)가 운행되고 만물이 잘 자라고 있는데
하늘이 무엇을 말하랴.
-공자

중국은 세계 4대 고대 문명권 중에서 유일하게 그 전통과 문화를 유지해 오고 있는 나라다. 같은 시기에 발흥했던 메소포타미아, 이집트, 인도 문명이 이미 오래전에 멸망하거나 맥이 끊어진 데 비해서 중국인들은 장구한 역사의 문화유산을 고스란히 간직하고 있다. 한 문명이 그토록 오래 명맥을 유지하고 발전해 온 것은 거의 기적에 가까운 일이다. 21세기를 맞이한 현재, 중국은 세계에서 세 번째로 큰 국토와 14억이라는 세계 최대의 인구를 가진 거대한 국가다.

그 중국 문명의 핵심에 수도 베이징이 있다.

베이징은 대단히 매력적인 도시다. 중국 내륙지방의 다른 도시와는 다르게 베이징은 안락함을 준다. 최고의 식당과 위락시설, 황제에게 어울릴 만한 궁전 같은 호텔도 있다. 베이징만 보고 간다면 중국이 최고라는 인상을 받을 것이다. 베이징은 중국 현실을 그대로 보여주는 것이라기보다는 단장된 진열장이라고 생각한다. 올림픽을 치르기 훨씬 전부터 베이징은 외관에 힘썼으며 넓은 도로와 반짝이는 호텔과 고층빌딩 너머로 수많은 역사적이며 문화적인 보물들이 있다.

하지만 베이징의 중심가를 조금만 벗어나면 당나귀가 끄는 과일 행상 수레와 외제차의 행렬, 그리고 그사이를 비집고 다니는 자전거 물결이 넘친다. 분주히 움직이는 다양한 사람들, 수십 년 간의 문명이 공존하면서도 그 속에 조화와 여유로움이 있는 생동하는 중국의 이국적 모습이다.

베이징에서 내가 제일 좋아하는 곳은 골동품 거리 유리창琉璃廠이다. 그곳은 서울의 인사동과 같은 곳이다. 천안문天安門 광장 서남쪽의 화평문和平門 밖에 위치한 이 거리는 서예와 골동품 중심의 문화거리이다.

서화를 감별하는 능력은 없지만 수많은 그림과 글씨를 실컷 볼 수 있었다. 그곳을 둘러보면 대학시절 서예 서클에서 어줍잖게 안진경체를 흉내 내던 때가 떠오르곤 했다. 베이징의 전통시장에는 어디에나 서화 상점이 있다. 어떤 그림과 글씨에도 중국인들의 문화가 배어 있다.

주말에는 베이징의 유명한 곳을 둘러보았다.

자금성은 9,993칸인 중국 최대의 목조건물이다. 명나라와 청나라 때 황제 즉위식, 국가의 주요 행사가 거행되었던 곳이라고 한다. 수많은 건물 중 보화전保和殿이라는 궁전은 과거 최종 시험을 보던 장소이다. 보화전 뒤편 돌층계 중앙에 대석조라는 자금성 최대의 조각상이 있다. 길이 17미터 폭 3미터로 무게는 약 250톤의 거대한 대리석에 소용돌이치는 구름과 용이 새겨져 있다. 이렇게 큰 규모가 하나의 대리석이라니! 대리석을 어떻게 이곳까지 옮겨 왔을까?

겨울에 바닥을 얼리고 대리석 밑에 나무를 받치고 밀어서 옮겼다고 한다. 얼마나 많은 사람들이 이 공사에 동원되었을까. 상상하기 힘들다. 중국의 문화유적은 규모가 어마어마하게 크다.

왜 그렇게 만들었을까. 딱히 알 수 없지만, 땅이 넓고 제국적 사고에 젖은 까닭이 아닐까 상상해 본다. 베이징에서 약 50km 떨어진 곳에 위치한 명 13릉이 그렇다. 명나라 황제 13명이 잠들어 있는 곳이다. 3개 능만 발굴하여 공개되고 있다. 그중 정릉은 명나라 13대 만력황제와 두 황후가 묻힌 곳이다. 지하로 20층이나 되는 지하 공간이다. 사후에도 그들은 중국을 통치할 수 있다고 생각했을까? 죽은 후에도 능의 규모가 어마어마하게 크면 죽지 않고 영원한 황제라고 착각했을까. 지하 궁전의 입구에 이런 안내 문구가 있다.

'이 지하 궁전을 짓는데 소요된 금액이 당시 GNP의 6분의 1이었다.'

주변에 공덕비가 서 있다. 특이하게 비석의 명문이 없다. 자신의 업적은 후대가 평가한다며 비석 명문을 쓰지 않았다고 한다. 황제는 성군이었을까, 생각해 본다. 그 비석의 주변을 둘러싸고 있는 나무는 한 그루라고 한다. 도대체 몇 년 동안 나무를 키워야

뿌리에서 나무가 올라오고를 반복해서 주변을 에워쌀까 참 신기한 일이었다.

만리장성은 달에서 보이는 유일한 인공 건축물이라고 한다. 진나라 때 진시황이 중국을 통일한 후 유목민족을 막기 위해 축조를 시작한 후 독립국들이 계속 연결해서 산하이관에서 실크로드의 입구인 자위관까지 성벽이 연결되었다. 장성을 쌓는데 얼마나 많은 사람이 동원되었을까. 어린아이가 태어나서 자라고 어른이 되어 일하다가 죽어서야 노동에서 해방되었다는 얘기도 전해진다. 만리장성에 목적은 방어였으나 몽골족의 원나라, 만주족의 청나라와 같이 이민족의 지배를 막지는 못했다. 오히려 장성을 통해 물자를 이동시키는 데 쓰였다고 한다. 중국은 몽골족과 만주족에게 두 차례나 정복당해서 수백 년 동안 이민족이 지배하는 왕조를 맞이하기도 했으나 이 나라는 이들 정복자들을 중국화시키는 용광로와 같은 엄청난 문화적 에너지를 가지고 있었다.

주말이면 우리 집은 주재원들의 사랑방으로 자주 이용되었다. 토요일 오후에 모여 라면을 끓여 먹고 화투놀이로 향수를 달래곤 했다.

여름 더위가 잦아드는 8월 마지막 날, 나는 다시 한국으로 발령이 났다. 오토넷 사장으로 인사명령을 받고 1년여 중국 생활을 마치고 다시 한국으로 향했다. 또 다른 여행이 시작되었다.

28

현대 AUTO NET 대표이사가 되다

다른 사람을 위해 해줄 수 있는 가장 큰 선행은,
자기의 부를 나눠 주는 것이 아니라
그 사람 자신의 부를 깨닫게 해주는 것이다.
-벤저민 리즈레일리

2005년 9월 1일 오토넷 대표이사로 인사 발령이 났다.

이틀 전에 통보받고 관련 자료를 찾아보았다.

(주)현대오토넷은 자동차용 오디오, 내비게이션, 전장품, 전자 제어장치를 만드는 전문 전자 업체였다. 2000년 2월 현대전자산업(주) 전장부품 사업부에서 분리하여 2002년 7월 증권거래소에 상장되어 있는 상장회사였다. 2005년 10월에 현대자동차 그룹에 편입되었는데 내가 초대 대표이사로 선임된 것이다. 종업원은 천여 명이 근무하고 있었으며 사업은 건실하게 운영되어 왔고 매출은 5,000억 정도 되는 중견기업이었다.

양재동 본사에 들려서 회장님께 인사를 하고 곧바로 이천으로 갔다. 나는 집무실로 가지 않고 노동조합부터 찾아갔다. 왜 그랬을까? 노동조합을 경영의 한 파트너로 인정해야 하는 당시의 세태가 나도 자연스럽게 몸에 배었을까? 나는 현대의 전통인 현장 경영의 감각이 몸에 배어 있어서 그랬을 것이라 생각한다.

정몽구 회장만큼 현장을 중시하는 오너는 드물다. 그것은 말보다는 행동을 중시하고 자신이 직접 말뚝을 박은 기업만 경영하기로 유명했던 아버지 정주영 왕회장을 그대로 빼닮은 데가 있다. 사실 정몽구 회장은 그룹의 창시자는 아니지만 아버지처럼 현장에서 잔뼈가 굵은 '현장맨'이다. 현장경영주의자인 그는 수시로 작업 현장을 돌면서 실제 상황을 점검해 나갔다.

정몽구의 트레이드마크가 된 '현장중심주의 경영'을 '삼현주의三現主義'라고 부르는 이들이 있다. 즉 '현장에서 보고 배우고, 현장에서 느끼고, 현장에서 해결한 뒤 확인까지 한다'는 것이다.

정몽구 회장은 '품질경영', '현장경영', '뚝심경영'으로 상징되는 그만의 독특한 경영리더십을 통해 큰 성과를 거두기 시작했다. 현대·기아차는 2007년부터 글로벌 시장에서 판매 대수 기준으로 일본 혼다를 누르고 '글로벌 톱 5'에 오르는 쾌거를 이뤘다.

어쨌거나 종업원들은 아마도 긴장하고 있었을 것이다. 현대자동차 그룹에 편입되어서 구조조정 대상이 되지 않을까 하는 염려 때문이었으리라. 현대자동차 그룹과 영업력 복원, 기술력 향상, 조직원 안정 등 많은 과제가 있었다.

"리더는 엄청난 에너지와 열정을 갖고 일을 추진해야 한다. 목숨 걸고 해야 한다. 조직에 활력을 넣을 수 있는 능력은 필수다, 직원들에 대한 관심과 열정이 많을수록 사람을 아낄수록 리더는 더욱 성공한다. 기업의 제일 덕목은 전쟁에서 승리하는 것이다."

전 직원들 앞에서 얘기했다. 조직의 안정과 기술력 유지를 위해서 기존의 엔지니어들은 한 명도 내보내지 않았다. 현직 관리자가 회사의 결정에 대한 불만을 언론에 흘렸다. 나는 그를 불렀다. 언론에 유출한 내용을 솔직하게 자인했다. 나는 그와 면담하는 자리에서 그를 용서했다. 그리고 불문에 부치기로 했다. 그런 배려가 아마도 전 직원들에게 알려졌으리라 생각한다. 직원들의 동요가 사라졌다.

상장회사 주주총회를 진행하고 대표이사로 취임했다.

나는 대표이사로 발령을 받고 우리 회사가 해야 할 일을 심사숙고하면서 며칠간 자료를 추출하고 정리했다. 진행 중인 업무를 모두 나열했다. 220여 개의 해야 할 일들이 순서를 기다렸다. 매일 진행 사항을 확인했다. 중장기 기술 로드맵ROAD MAP을 기준으로 장단기 사업 계획을 작성했다. 나는 전자 제품에 관하여 문외한이었다. 그쪽에 이력도 없는데 어쩌다 대표이사가 되었기에 난감했다. 직원들에게 미안하기도 했다. 주간 경영 회의, 월간 경영 회의, 본부장 회의, 경영전략 회의, 개발 회의 등 수많은 회의를 주관하고 진행 상황을 파악하고 아는 척해야 할 때 약간의 불안감도 배제할 수 없었다. 또 의사 결정을 잘못하면 어쩌나 하는 걱정도 있었으나 사장이 모든 것을 아는 것은 아닐 것이라고 스스로 위로했다. 주어진 목표 업무가 잘 진행되도록 촉진제 역할을 하는 것이 사장의 역할이 아닐까.

회사가 진행하고 있는 업무는 부서별 업무보고 회의를 통해 파악했다. 중요한 프로젝트는 밤새워서 할 수 있도록 기술 부서에는 취침할 침대도 구비하고 있었다.

프로젝트가 끝나면 업무 결과를 보고한다. 프로젝트 팀장을 불렀다. 사장이 사용하는 카드를 그에게 주면서 직원들과 마음껏 회식하라고 했다.

'사장이 자기들을 인정한 것이 아닌가'라고 생각했으리라. 상급자가 자기를 인정하면 아마도 심장이 뛰지 않을까?

그 후 그들이 더 열정적으로 일하는 모습을 보았다. 나도 덩달아 꿈이 부풀었다. 직원들과 호흡을 잘 맞추면 회사를 잘 이끌 수 있겠구나 생각하며 신나게 일했다. 해당 부서 전 팀원을 식당에 초대하고 사장인 내가 직접 대접했다. 회식이 끝나고 지역특산물인 과일 등을 선물했다. 나는 직원들의 눈을 보았다. 열정으로 가득하고 기쁨이 넘쳤다.

AUTO NET이 나가야 할 방향을 정했다.

개발 측면은 소프트웨어 핵심 기술력 향상, 설계 표준화, 품질 측면은 불량 분석 조직 구축, 필드클레임 목표제, 생산 측면은 생산 공장의 글로벌화, 외주 업체 혁신, 영업 측면은 선진 시장 벤치마킹 등 수많은 업무계획을 세웠다. 특히 엔지니어링 파워 향상 방안을 만들어 체계적으로 실천토록 조치했다. 지속적인 자기 개발을 통한 개인 기술 역량 향상, 개인별 능력과 적성에 맞는 업무 배정, 최신 기술의 개발 및 적용, 국내외 기술 선도 업체와 협력 관계 구축, 학교 및 연구 단체와 핵심기술 개발 협력 체계 구축, 소프트웨어 하드웨어 공유 및 연계 개발 체계 구축, 국제화된 개발 및 평가 체계 확립 등은 오토넷이 기술선도 회사로 나가기 위한 장기적인 경영 전략이었다.

경영자의 덕목은 장기 전략가여야 한다. 종업원의 지지와 협력을 얻는 격려자로서 역할을 해야 하며 세부 업무의 집행과 관리는 우수한 부하에게 일임하고 결과에 대해 책임지는 자세여야 한다고 생각했다.

21세기 경영자가 구비해야 할 능력은 경영혁신 및 수요 창출능력이다. '경영의 구루' 피터 드러커는 일찍이 인재중시경영에 대해 이런 말을 했다.

조직에서 성과를 올리려면 자신의 가치관이 조직의 가치관에 맞지 않으면 안 된다. 같을 필요는 없지만, '공존'할 수 있어야 한다. 그러지 않으면 마음이 편치 못하고 성과도 오르지 않는다.

그래서 많은 회사들은 회사의 독특한 핵심가치Core Value를 직원들과 공유할 수 있는 프로그램을 개발하고, 교육시키기 위해 끊임없는 노력을 기울이고 있다. 회사가 지향하는 가치와 구성원들이 중시하는 가치관이 일치하는 회사는 구성원들이 맡은 일에 최선을 다할 수 있기에 어떠한 어려움에 처하더라도 좋은 결과를 얻을 수 있을 것이다.

나는 사장의 역할은 경영 혁신 능력이라 본다. 경영 목표관리능력이 있어야 하고 인재 육성으로 업적 향상을 이루는 능력이 있어야 한다. 달성이 가능한 적절한 경영목표를 설정하고 종업원들을 설득하며 리딩할 수 있는 능력을 갖추어야 한다. 치열한 기술

경쟁환경에서 살아남아야 된다고 생각했다.

2006년부터 2010년까지 경영혁신전략 작성 TFT를 운영하고 도약 5개년 계획을 준비하도록 했다. 직원들은 매일매일 신바람이 난 것 같았다. 수요 창출을 이끄는 현대자동차와 기아자동차가 든든한 우군이었다. 현대자동차그룹에 납품하기 위해 다른 업체와 경쟁하게 되어 직원들이 사기가 떨어졌으나 현대자동차 그룹에 편입된 것이 그들에게 날개를 달아준 격이 되었다.

나는 그들에게 다음과 같은 리더가 되고 싶었다. 노력하는 자세, 탁월한 비전 설정 능력, 용기 있는 행동, 성실한 태도, 책임감 있는 자세, 미래에 대한 통찰력을 갖고 최선을 다하겠다는 자세를 갖는 지도자 말이다. 최소한 노력하는 자세만이라도 보여주고 싶었다. 그래야 사장을 존경하지 않겠는가?

2006년 2월이었다.

진천에 기아자동차 AVN[Audio Video Navigation] 전장품 회사인 본텍이라는 회사가 있었다. AUTO NET과 본텍을 합병하고 경기도 의왕에 전장연구소, 진천에 제조공장을 설립하려는 계획이 진행되던 중이었다. 본텍에는 이미 주모씨가 사장으로 재직하고 있었다. S대 출신 전자공학박사였다. 그 분야의 전공자가 경영을 더 잘할 것이란 경영층의 판단으로 내가 중도에 하차당했다. 참으로 아쉬움이 남는 인사였으나 조직의 생리란 그런 것이 아닌가.

지금 생각해보니 절묘한 인사였다는 생각이 들기도 한다. 어쨌든 나는 대표이사로서 열정을 다했던 AUTO NET를 떠나게 되었다. 또 다른 우주여행이 시작되었다.

29

현대차와의 마지막 인연, 자동차 연구소

다른 이들이 자기 아이디어를 훔칠까 걱정하지 말라.
자기 아이디어에 자신이 있다면,
이를 다른 사람들 목구멍에 우겨 넣고 말겠다는 생각을 가져야 한다.
- 하워드 에이킨

2006년 2월 초, 나는 남양연구소 본관 건물 5층에서, 과거에 접해본 적이 없는 전혀 다른 새로운 분야에 대해 불안한 마음을 품고 연구소 전경을 내려다보고 있었다. 자동차를 어떻게 만들까? 하는 호기심은 누구나 가지고 있을 것이다. 엔지니어가 아닌 나는 업무를 잘할 수 있을까 하는 걱정이 먼저 앞섰다.

현대자동차 기술연구소는 규모와 수준에 있어 이미 글로벌 베스트에 다가가 있었다.

2003년 5월 26일, 현대자동차는 경기도 화성군 남양면에 위치한 남양연구소가 현대차 울산연구소와 기아차 소하리연구소를 하나로 통합하여 새롭게 출범했다. 세계 자동차산업의 기술개발 경쟁 체제에 대응하는 세계적 자동차종합연구소로 연구개발에 회사의 미래를 걸겠다는 굳은 의지를 나타낸 사례이다. 부지가 105

만 평에 달하는 연구소는 주행 시험장, 디자인 연구소 등의 기반 시설을 갖추고 1만 5천 명 이상의 직원들이 근무하고 있었다. 신차와 신기술 개발과 디자인 설계 시험 평가 등 연구 개발에 필요한 모든 자원을 확보하고 있었다.

실제로 남양연구소는 차량 설계와 엔진 등 주요 부품을 검사하는 건물을 비롯해 실차 풍동시험장, 디자인센터를 갖춘 종합연구단지로 손색이 없다. 차량 개발의 전 과정과 각종 미래 기술을 연구할 수 있는 첨단 장비를 갖추고 있다. 남양연구소는 설비를 들여오고 건물을 짓는 데만 1조 원에 육박하는 금액을 투입했다.

연구개발본부는 차량 개발 센터, 엔진 TM 개발, 디자인 센터, 시작차 센터, 시험 센터 등으로 구성되어 있고 글로벌 베스트 자동차 메이커 수준에 걸맞는 R&D 능력을 확보하고 고객 만족, 고성능, 고품질 자동차를 개발하고 있다고 알려져 있었다.

남양연구소의 전체적인 조직은 행정지원실, 프로젝트추진실, 승용설계실, 승용평가실, 연구개발시스템실 등 각 실 아래 세부 팀들이 포진하고 있는 구성이다. 자동차가 개발되기까지는 제품 기획, 디자인, 설계, 시작試作, 평가 및 양산 단계를 거치게 된다.

내가 근무할 부서는 이들 사업 부문을 총괄 기획하는 연구개발 기획조종실 부실장이었다. 자동차 제작하기 위한 설계기준을 제시하는 제품 개발 기획과 연구소 전 부문에 투자계획을 작성하고 집행을 관리하는 부서였다.

자동차를 생산하는 절차를 간단히 살펴보자.

신차를 개발하기 위해서는 소비자가 어떤 성능의 차를 원하는

지 시장조사부터 시작한다. 디자인이 멋있는 차량은 물론이고 연비가 훌륭하고 실내 공간과 트렁크 크기도 크게 원하는 것들은 소비자의 목소리다. 나이 별로 어떤 차량을 선호하는지 즉 승용차를 좋아하는지 SUV를 좋아하는지 정기적으로 시장 조사를 한다. 매년 미국, 일본, 유럽 등의 유명한 자동차 전문가들에게 용역 계약을 체결하여 이들과 같이 정기적으로 시장의 추세 변화를 조사한다.

환경규제에 정부 정책 등 자동차와 관련돼 모든 규제를 포함하여 조사한다. 조사 결과는 약 10년의 중장기 개발 차종 생산계획에 반영한다. 10년 동안 시장이 어떻게 변할지는 알 수 없다. 매년 추세 변화를 시장 조사를 통해 파악하여 이미 작성한 차종 생산 계획을 변경해야 시장에 적응할 수 있다.

이 단계에서 회사의 운명이 걸려 있다. 판매가 예상되어 상품기획하고 설계 제조하여 시장에 출시하였는데 안 팔리면 회사는 지속적으로 발전할 수 없다. 소비자가 원하는 차량을 출시해야 시장에서 팔리고 회사가 영업을 지속할 수 있다. 시장은 고객이 사고 싶어 하는 마음을 사로잡는 경쟁을 하는 곳이기 때문이다.

상품 기획 담당 부서에서 소비자의 요구사항need을 반영한 상품 제안서를 차량 출고 4년 전에 시장 동향, 상품 콘셉트, 예상 판매 물량, 목표 판매가, 수익성 등을 만들어 목표를 제시하면 자동차 개발이 시작된다. 연구소 제품개발 기획부서에서는 상품제안서를 기초로 차량의 크기, 동력, 주행 성능, 충돌 목표, 재료비 목표, 투자비 목표, 제작 일정 등 현재 기술과 혁신해야 할 기술까지 총망라하여 제품개발 기획서를 만들면 차량 개발작업이 개시된다.

파워트레인(엔진+트랜스미션)은 개발기간과 관계없이 모든 차급의 동력장치를 개발해 놓고 차량 개발자들의 선택을 기다린다. 차량개발센터, 디자인센터, 동력개발센터, 시험센터 각 부서들은 개발 목표를 정해 차량 개발업무가 본격적으로 시작된다.

디자인 모델이 고정된 후 24개월 후에 제조 공장에서 양산이 시작된다. 그러나 자동차회사들은 개발기간을 단축하는데 사활을 건다. 시장이 급변했다고 하자. 예를 들어 주 52시간제가 시행되어 SUV 차량의 수요가 대형화를 요구한다고 하면 개발기간을 줄여야 시장에 대응할 수 있다. 디자인 모델 고정 후 24개월 후 시장 출시 목표를 18개월로 줄여서 시장의 변화에 신속하게 대응한다. 심지어 12개월로 줄여서 대응하는 치열한 경쟁을 하기도 한다.

이때 중국 자동차 시장은 폭발적으로 성장하고 있었다. 중국 경제의 안정적인 성장으로 자동차 수요에 원동력이 되었다. 고속도로가 2005년 말까지 41,000Km가 건설되어 자동차 수요 증가 기초가 되었다. 경제 성장이 도시 주민의 소득을 증가하여 자동차 소비 증가의 주원인이었다. 그러나 자동차 시장은 경쟁이 더욱 격화되었다.

2005년 말 수요는 280만 대였으나 공급은 400만 대를 초과하여 공급과잉이 지속되면서 가격 인하 압력이 커졌다. 소비자들의 가격 인하 기대심리가 가격 경쟁을 심화시켜 경쟁이 과열되었다. 현대자동차 중국 제품 생산 방식은 초기에 정비가 되어 있지 않았다.

중국 시장이 급격히 성장하여 자동차 수요가 폭발적으로 증가하고 있었기 때문이다. 중국 공장의 중장기 생산계획은 한국에서 생산하던 차량을 아무런 변경 없이 중국인의 노동력으로 생산하는 방안이었다. 일본의 토요타, 혼다, 독일의 폭스바겐은 시장에 출시 전에 디자인을 중국 시장에 맞게 부분 수정하여 경쟁에 대응을 시작하던 때였다.

북경 현대자동차는 쏘나타를 시장에 런칭하고 북경 시내 택시 시장까지 장악하면서 순항하던 중이었다. 그런데 복병을 만났다. 후속 차종인 베르나(중국명: 엑센트)를 출시했으나 시장에서 참패당했다. 가격을 높여 시장에 내놓는 일부 국가의 차량은 브랜드 가치가 높을 경우 경쟁을 버틸 수 있었다. '현대 속도전'으로 현대자동차의 브랜드 가치가 있었으나 소형 차량의 경우 가격경쟁을 이기기에는 역부족이었다.

북경 현대 영업 본부에서 매일 판매현황을 전송해 주었다. 베르나는 참패할 수밖에 없는 구조였다고 생각한다. 베르나는 글로벌 대응 차종이었다. 전 세계 어느 곳에 출시해도 문제없도록 만든 차종으로 안전 규격이 대폭 강화되어 설계한 차량이었다.

손해 보지 않으려고 가격을 높여 판매했으나 시장에서 통하지 않았다. 한국에서 생산하던 차량을 그대로 중국인 노동력으로 조립하고 가격을 높게 받으면 소비자가 선택할까? EF쏘나타는 그렇게 생산해서 판매했으나 시장수요가 폭발할 때여서 가격 경쟁을 비켜나갈 수 있었다. 베르나는 팔면 팔수록 손해가 나는 차종이 되었다. 북경 현대자동차에 위기가 찾아왔다고 판단했다.

대부분의 현대차 그룹 회사가 월요일 아침에 주간 업무 검토 보고 회의를 진행한다. 지난 일주일에 업무 성과를 토론하고 금주 업무 계획을 해 문제점과 예상되는 난관들을 점검하여 대책수립을 하는 회의다.

나는 중국 사업 문제점을 낱낱이 지적하며 이야기했다. 북경 현대가 베르나 판매가 급격하게 감소하여 어려움에 처한 상황을 설명하고 중국 사업 문제점을 찾아 해결 방안을 찾아야 한다고 제안했다.

제품기획팀의 반응은 연구소가 해야 할 일이 아닌 것으로 판단하는 듯했다. 사업 구조 조정임으로 엄밀하게 말하면 연구소 일이 아닐 수도 있었다. 그러나 나는 중국에 근무한 인연과 제품 기획이 판매 차량의 최종 기획부서임을 강력하게 주장하여 대책 마련에 나섰다.

중국 차종에 대한 두 가지 대책을 만들었다.

첫째는 디자인을 중국 시장에 맞도록 변경해서 출시한다.

둘째는 현재 시장 판매 가격을 기준으로 재료비 목표, 이윤 목표를 정해 이를 달성한 후 생산 개시한다.

한국에서 생산한 차량의 디자인은 중국인이 선호하지 않을 수 있다고 생각했다. 그 당시 이미 일본이나 독일 차량들은 디자인을 부분 변경하여 시장에 출시하여 성공하고 있던 중이었다.

중국에서 생산하는 차량은 금형을 신규로 제작해서 사용해야 한다. 따라서 중국형 디자인은 변경해야 하는 의지와 시간만 주어지면 가능한 일이었다. 부품도 설계를 변경하여 원가절감이 가능하도록 절차를 변경했다.

제품기획팀과 나는 보고서를 만들어 전 중역(부회장 7인)에 전원 결재를 얻어 곧바로 실행에 들어갔다. 중국 담당 PM이 되어 팀이 꾸려졌다. 우선 2008년 출시 예정인 아반떼부터 시작했다.

한국에서 생산한 아반떼 몇 대를 중국 베이징으로 보냈다. 중국 자동차 전문가가 일주일 동안 시승한 후 자동차의 외관 디자인, 주행 성능 등 전 분야에 대한 질문서를 전문가들에게 건네주고 한 곳에 모여 자유 토론하도록 했다.

디자인 담당 엔지니어, 부품설계 담당자, 제품기획 책임자 그리고 나도 베이징에 출장가 이들의 포커스그룹미팅FGM 토론을 경청했다. 이 클리닉은 자동차 전반에 대해 진단하고 대책을 알아내는 활동이다. 중국인이 어떤 디자인을 좋아하는지 알아보기 위한 것이 가장 큰 목적이었다.

그들의 활동 결과로 아반떼 디자인의 개선 포인트를 찾아냈다. 차량의 앞부분이 작아 보인다는 것이다. 그리고 뒷 트렁크 부위가 높아 차량의 안정감이 떨어진다는 지적을 받았다.

중국인들은 체면을 중시한다. 식당이나 집에 출입문이 큰 이유는 거창함을 과시하려는 속성이라고 한다. 따라서 차량의 앞부분도 크게 보이게 설계해야 된다는 것이다. 출장 후에 한국에 돌아와서 우리는 아반떼 차량의 디자인 변경을 본격적으로 시작했다.

중국 파트너인 베이징 기차 임원들을 남양 연구소로 초청해 두 번에 걸친 디자인 품평회를 가졌다. 변경된 디자인이 중국인의 취향에 맞는지 검증했다. 한국에 없는 중국형 디자인 아반떼(중국명: 위에동)를 처음으로 시도했다. 품평회는 성공적이었고 중국인들도 만족했다.

재료비 원가절감Cost reduction은 거의 2년간 지속했다. 우선 중국에서 팔리고 있는 아반떼 경쟁 차종을 모두 구매했다. 그것을 완전 분해Tear Down해서 아반떼 부품과 다른 점들을 찾아냈다. 원가절감 방법은 여러 가지가 있다. 차종 간 공용화, 사양 및 구조 단순화, 동급 성능의 재질 변경 등 현대자동차가 사용하고 있는 부품 원가절감 기법은 노하우가 이미 쌓여 있었다.

자동차는 대량판매를 전제로 기획된다. 1원이 줄면 그만큼 이익이 늘어나기 때문에 원가 1원을 줄이기 위해 열정을 쏟는다. 원가 절감 요인을 찾아 부품 설계 도면에 반영하고 설계 원가를 줄여 구매 단가를 절감하는 것이다.

아반떼를 시장에 출고하기 전 시장가격에서 목표 이익을 제외한 재료비 원가절감 활동은 계속되었다. 우리는 드디어 해냈다. 목표 원가를 맞추어 생산에 투입했다. 2008년 중반에 아반떼 신차 출고 행사를 하고 판매에 들어갔다.

나는 2008년 연말을 끝으로 현대차그룹을 정년퇴임했다. 그 후에 언론을 통해 들은 이야기다. 위에동은 소비자들의 마음을 사로잡으며 2016년 말까지 133만 대를 팔았다.

베이징 현대 단일 판매 차종 최다 판매이다. 아반떼가 베이징 현대 초기에 사업 정착 및 고속 성장에 큰 역할을 했다. 한마디로 대박을 친 것이다. 북경 현대의 자동차 사업 초기에는 중국 시장이 급격하게 수요가 폭발하여 시장을 예리하게 관찰한 여유가 없었는지 모른다.

혹자는 디자인을 변경하고 부품원가를 절감하는 활동은 자동차 회사의 일상적인 업무라고 생각할지도 모른다. 그렇다고 해도 문제를 파악하고 대책을 만들어서 실행하지 않으면 아무것도 이룰 수 없는 것이다.

'구슬이 서 말이라도 꿰어야 보배다.' 아반떼 성공은 입사부터 퇴직할 때까지 31년 동안 회사에서 받은 은혜를 조금이나마 보답했다는 생각에 나의 삶이 결코 헛되지 않았다고 스스로 위로해 본다.

Chapter 5

▲손자들

30

인생사와 닮은 골프의 매력

준비하지 않은 사람보다
준비하고 달려가는 사람이
더 빨리 목적지에 도착한다.
-조셉 존슨

삶은 고단함의 연장선이다. 목표했던 성과물이 나오지 않으면 좌절하고 절망한다. 희망이란 미래를 기대하게 하고 새로운 삶을 개척하게 만드는 원동력이다. 그래서 인생 역전이나 기업 경영을 해 나가는 과정을 골프에 비유하곤 한다.

골프채를 잡는 순간 사람들은 골프의 매력에 빠진다. 잘 뻗어나가는 공을 자랑스럽게 생각하며 의기양양하게 다가가 더 멋진 샷을 날리려고 정성을 다한다. 하지만 공은 엉뚱한 데로 날아간다. 속상하고 안타깝다. 때로는 더블보기를 하기도 하지만 버디를 할 수 있다는 희망이 있다.

해보려는 열망과 실패를 두려워하지 않는 애정으로 도전하면 예상치도 않은 좋은 점수를 얻을 수 있다. 목표를 세우고 성공하려는 의지와 희망을 버리지 않는 골프 자세는 우리들의 삶과 닮아 있다.

밤 12시가 다 되었다. 눈은 멀뚱멀뚱 뜨고 있다. 내일 아침 5시 기상, 6시 출발, 8시 티업Tee-up을 해야 하는데 잠이 들지 않는다. 나만의 방법대로 연습한 골프 스윙이 제대로 맞을까 불안해서 잠이 오지 않는다. 초등학교 때 소풍 가는 기분이다. 아직 젊은 심장이 뛰는 것일까.

호기심이나 기대는 사람을 일으켜 세우는 힘이 있다. 나는 무언가를 기대하고 있다. 부스스 일어나 비몽사몽간에 골프장 티박스Tee-Box에 도착한다. 제정신이 들기 시작한다.

"야아! 오늘 어깨가 아프네."

골퍼들의 핑계는 100여 가지가 넘는다. 핑계 중에 이런 핑계도 있다.

"어제는 70대를 쳤어. 그런데 오늘은 안 될 것 같아."

나는 골퍼들의 엄살 부리는 핑계를 이해한다. 골프가 그만큼 어렵다. 골프 동료들에게 나는 이렇게 주장한다.

"골프가 무엇의 약자略字인지 아느냐?"

"뭔데?"

"그건 '골치 아프다'의 줄임말이다."

골프의 두 글자를 풀어서 만든 우스갯소리다.

골치가 아프다는 말이다. 골프가 골치 아픈 이유는 쉽게 배울 수 없기 때문이다. 만약 인간이 손을 앞뒤로 흔들지 않고 좌우로 흔들고 다녔다면 골프 배우기가 훨씬 쉬웠을지 모른다. 골프는 평상시 우리가 쓰지 않던 근육을 사용하여 운동한다. 배우기도, 잘

치기도 매우 어렵다. 마치 삶에서 목표 달성이 어려운 것과 같다. 그래서 골프 잘 치는 사람을 부러워한다. 또 이들을 특별히 예우하기 위해 Life Best Score, Eagle, Single, Hole-in-one 등을 했을 때 상패를 만들어 주고 특별히 기념한다. 쉬우면 아무나 한다. 쉽지 않는 일을 성취했을 때 성공에 대한 도전의 의미도 커지는 법이다.

골프의 장점은 많다. 우선 힘을 빼고 하는 운동이다. 체력 소모가 적어 오랫동안 할 수 있다. 혼자 하는 운동이므로 부상의 위험도 적어 평생 스포츠로 적합하다. 탁 트인 잔디밭 자연 속에서 즐길 수 있는 운동이기 때문에 스트레스 해소에도 좋다.

골프 클럽 헤드가 정확히 공을 맞힐 때 강력하지만 부드러운 두 손의 촉감은 순식간에 오는 짜릿한 만족감도 좋다. 조그마한 공이 하늘로 솟아오르고 궤도의 정점에서 무게가 없는 것처럼 잠깐 동안 멈추는 순간, 땅으로 하강하여 푹신한 잔디에 떨어져 구르는 과정을 볼 때 기분 좋은 감정이 고조된다. 선택과 집중의 운동이다. 구멍Hole 하나에 집중해 선택적 타격을 가하여 목표물로 이동하는 운동이다.

골프는 부유층이 즐기는 스포츠로 인식되었던 시절이 있었다. 지금은 대중 스포츠로 자리 잡았다고 생각한다. 최근에는 스크린 골프가 발전하면서 직장인들의 문화로 자리 잡았다. 첫 홀 티박스에서 드라이브를 꺼내 들고 볼치기를 기다린다. 웬지 불안하고 가슴이 두근거린다.

"볼을 때리면 똑바로 날아갈까?"

불안감이 앞서 빨리 치고 이 순간을 모면하고 싶은 건 나만의 생각일까. 그런데 나의 경험으로는 1번 티박스에서 치는 자세와 스윙Swing 하는 순서routine가 매우 중요하다. 시작하는 첫 번 티박스에서 잘못 치면 18홀 동안의 모든 샷은 게임이 끝날 때까지 그것을 고치기가 매우 어렵다는 이유를 모르겠다.

예를 들면 '백스윙은 오른쪽 골반을 왼쪽으로 가볍게 돌리고 양손으로 헤드를 7시 방향으로 다운한다'고 터득하면 18홀 동안에 이 동작만 반복하고 그다음 동작, 클럽을 길게 던지고 골반과 어깨가 타깃 방향으로 회전해야 하는 기본동작은 이유 없이 잃어버려 그날 골프는 망쳐 버린다.

대체 골프는 왜 이렇게 어려운가. 스스로 자문하고 좌절한 라운드가 얼마인지 셀 수조차 없다. 골프가 스트레스로 다가왔다.

1992년에 골프를 시작했다. 그땐 연습장도 흔하지 않았다. 잘 가르치는 프로도 찾기 힘들었다. 독학으로 배울 수밖에 없었다. 잘못된 골프 동작을 배워 퇴직 시까지 그런대로 쳤다. 퇴직 후에는 골프 연습할 수 있는 시간이 많았다. 그제서야 그동안 내가 행한 골프 동작이 잘못되었다는 것을 깨달았다.

잘못된 동작을 고치고 연습을 열심히 해서 상당한 성과를 냈다. 근무했던 회사 퇴직자들의 모임에서 메달리스트(골프 스코어가 가장 좋은 사람)가 여러 번 되었다. 골프를 잘 치는 사람이라고 인정받을 때 나에겐 오히려 부담이 컸다. 동료들과 라운드를 할 때는 잘 쳐야 한다는 강박관념이 생겼다.

골프는 몸을 다칠 위험을 무릅쓰고 어떤 모험을 해야 되는 것이 아니므로 운동도 아닌 것으로 간주하는 사람들이 있다. 그러나 실제로 쳐 보면 마음속에 심한 갈등이 소용돌이쳐서 견디기 어려운 운동이다. 그러니 체중이 줄고 밥도 못 먹고 스트레스를 받는 운동 중에 하나이다.

'골프는 왜 잘 될 때와 안 될 때의 점수 차이가 클까? 일관성 있는 스코어가 나오지 않는 이유는 무엇일까?' 이런 의문이 수년 동안 반복되었다.

이해할 수 없는 것은 골프를 잘 치고 나면 골프가 별거 아니구나 하는 자만심에 빠져 골프 동작을 자주 잊어버린다는 점이다.

'연습한 만큼 고른 점수를 내는 골프 동작은 없을까?'

이런 의문이 들기 시작했다.

'프로골퍼가 하는 동작은 내가 하는 동작과 다르구나.'

프로골퍼들의 동영상을 수없이 보고서야 알게 되었다. 결국 나는 프로들의 스윙 동작을 따라 해야겠다는 생각이 들었다.

프로골퍼와 아마추어골퍼의 차이는 우선 연습량에 있다. 프로골퍼들은 하루에도 많은 시간을 연습한다. 아마추어들은 1시간이 기본이다. 상업시설인 골프연습장은 1시간 이상 연습할 수 없기 때문이다. 프로골퍼가 하루에 8시간씩 연습한다면 아마추어보다 8배 정도 빠른 속도로 골프 실력을 늘릴 수 있다고 생각한다. 프로골퍼 최경주 선수가 하루에 8시간을 연습하면 손가락에 피가 난다고 했다. 골프 글러브에 손가락의 피가 붙어버릴 때까지 연습했다는 얘기를 직접 들었다.

연습 초반에는 손에 힘이 있어 힘차게 스윙 연습을 할 수 있다.

하지만 시간이 지날수록 힘이 빠지면서 골프는 힘을 빼고 부드럽게 쳐야 한다는 원리를 체화하게 된다고 한다.

골프는 힘으로 하는 운동이 아니다. 그 원리를 일찍이 터득하고 반복 연습을 해야 기량이 일정해진다. 완벽하게 기초 훈련을 해야 한다. 아마추어는 힘을 넣어 스윙하고 프로는 힘을 빼고 친다. 어디 골프뿐이랴. 연습량이 모자란 아마추어들은 스윙의 어느 단계에서 의도적으로 힘을 빼야 하기 때문에 일관성 있는 스윙을 하지 못한다. 골프 게임 중계 시 "저 선수는 오늘 샷감이 좋네요." 해설자가 말한다. 골프가 힘을 빼고 부드럽게 친다는 것을 조금 고상하게 표현한 말이다.

일례로 2006년 11월 유럽 프로골프투어 HSBC 챔피언십에서 골프 황제' 타이거 우즈를 꺾고 우승, 단숨에 떠오른 프로골퍼 양용은은 "나는 미국 PGA에서 평균 이하라 힘을 빼고 내 맘대로 쳤더니 공이 훨씬 잘 맞았다"고 말한 적이 있다.

연습량만큼 중요한 것은 또 있다. 골프 기량, 즉 스윙 테크닉이다. 아마추어들은 대부분 골프 시작 초기에 레슨 프로에게 2, 3개월 동안 레슨을 받고 필드에 라운드 나가는 경우가 많다. 스윙 테크닉은 아이언 클럽, 우드 클럽, 드라이버, 피치샷, 벙커샷, 퍼팅 등의 기술을 습득해야 한다. 모든 클럽의 기법을 단기간에 습득하기는 어렵다. 더구나 프로에게 레슨을 받다 보면 아이언 클럽의 샷을 배우다가 그만두기를 반복하게 된다. 정작 중요한 피칭, 퍼팅은 한 번도 배우지 못하고 자기 생각대로 치는 경우가 허다하다. 골프를 시작한 지 30년이 지나도 보기 플레이어90타 수준을 벗어나지 못하는 아마추어골퍼가 대부분인 이유다.

프로골퍼의 스윙은 연습량에 의한 힘 조절하는 방법의 체화, 정확한 스윙 테크닉을 반복 연습하여 기량을 유지하는 방법이다. 또한 큰 대회에서 우승한 프로들은 잘한다고 하는 교만한 생각과 안 된다고 좌절하는 감정을 통제할 수 있도록 훈련한 결과물이기도 하다.

우리가 배운 골프 스윙은 손으로만 하는 스윙이라고 생각한다.

1단계로 백스윙은 어깨 회전을 90도로 해서 허리를 꼬아준 다음, 2단계로 다운 스윙은 손목을 톱의 위치에서 어드레스 위치로 직선으로 끌어내리고, 3단계로 임팩트한 후 오른쪽 어깨를 왼쪽 다리 위에까지 크게 돌려준다. 이 스윙은 몸통을 사용하지 않고 손으로만 하는 스윙으로 약간의 문제점이 있다고 생각한다.

어깨가 빨리 열려 방향성이 좋지 않고 어깨를 돌리지 못하여 비거리가 줄어든다. 이와 같은 문제점을 보완하기 위해 최근 스윙은 몸통 스윙으로 변화되었다고 생각한다.

골프 장비의 발달이 스윙의 변화를 가져왔다. 대부분의 프로골퍼들이 하는 스윙이 바로 몸통 다시 말하면 골반 회전 스윙이다. 몸통 스윙은 말 그대로 몸통 중 골반을 회전하는 스윙 방법이다. 장타자의 공통점은 유연한 몸통 회전 스윙을 한다. 정확한 임팩트를 만들고 헤드 스피드를 늘려 거리를 증가시킬 수 있는 최상의 방법이다.

1단계 백스윙은 왼쪽 무릎을 앞으로 넣고 왼쪽 어깨는 아래쪽으로 넣으면서 회전하고 오른쪽 골반은 꼬임이 오도록 왼쪽으로 돌린다.

2단계는 헤드를 인 방향으로 다운하고 왼쪽 다리를 세워 중심 이동한 후 클럽을 타깃 방향으로 던지고 3단계는 두 손이 어깨에 도달할 때까지 볼을 쳐다보고 골반과 어깨를 자연스럽게 돌려주면 스윙은 완성된다.

유의할 점은 드라이버는 상향 타격이고 우드는 수평 타격이지만 아이언은 하향 타격Down blow이라는 것이다. 아이언샷은 볼 뒤 잔디를 가볍게 쳐주면 쉽게 다운블로샷이 가능하다.

그리고 1단계 백스윙 시 왼손등이 앞에서 볼 수 있도록 길게 빼고 헤드 무게를 반드시 느껴야 한다. 손으로만 하는 스윙보다 익히기가 쉽다고 생각한다. 오른쪽 무릎 방향으로 헤드를 떨어뜨리면 헤드 스피드가 증가하여 거리가 늘어나고 직진성이 양호해 일관성 있는 프로 스윙을 완성할 수 있다.

몸통 스윙은 모든 프로들이 하는 공통된 방법이다. 프로들의 연속 스윙 동영상을 보면 명확하게 알 수 있다. 나는 이 방법으로 도전을 계속할 것이다. 골프는 두 손의 게임일 뿐 아니라 그만큼 머리의 게임이기도 하다.

돌아오는 골프 계절에 푸른 잔디와 하늘을 굿샷을 날리고 좋은 점수를 받기 위해서다. 포기하지 않는 도전이나 희망은 우리들 삶에 언제나 옥탄가 높은 새로운 에너지를 주기 때문이다.

31

걷기의 즐거움과 트레킹

인생의 목적은 끊임없는 전진에 있다. 앞에는 언덕이 있고, 시내가 있고, 진흙도 있다. 걷기 좋은 반반한 길만은 아니다. 먼 곳으로 항해하는 배가 풍파를 만나지 않고 조용히만 갈 수는 없다. 풍파는 언제나 전진하는 자의 벗이다. 차라리 고난 속에 인생의 기쁨이 있다. 풍파 없는 항해! 얼마나 단조로울 것인가. 고난이 심할수록 내 가슴은 뛴다.

-니체

어릴 적 어렵게 자란 우리 세대는 음식을 대하는 태도가 조금은 남다르다. 촌놈인 나는 음식이 있을 때 배가 부르도록 실컷 먹어야 하는 줄 알았다. 동생들이 많은 나는 먼저 먹지 않으면 차례가 없어진다는 것을 알았기에 음식을 남보다 빨리 먹는 습관이 생겼다. 음식을 빨리 먹으면 포만감을 느낄 때까지 계속 먹어야 하기 때문에 과식하게 되고 비만의 원인이 된다고 한다.

우리 때는 보통 오전 8시부터 근무 시간이지만, 내가 다니던 회사는 대체로 아침 7시 전후로 출근했다. 그리고 아침, 점심을 회사에서 해결해야 했다. 야근은 일상이었음으로 저녁까지 회사에서 때우면 집에서는 한 끼도 못 먹게 될 공산이 컸다. 하루에 한 끼는 집에서 먹어야겠다고 작정하고 늦은 퇴근 후 저녁 8시에서 9시 사이에 저녁을 먹는 경우가 다반사였다. 그리고 9시가 넘으면 소화되기 전에 피곤이 몰려와 잠자리에 들기 일쑤였다.

경리쟁이는 회사에서 운동할 기회가 거의 없다. 사무실에 앉아 돈통을 굳게 지켜야 하는 게 중요 업무이기 때문이다. 외근을 하는 영업직을 부러워하기도 했다.

고등학생 때는 약 65kg 표준(?) 몸무게였다. 아마도 그때는 영양상태가 충분치 못해 약한 모습이었으리라. 직장생활을 시작하고 5kg이 불었다. 결혼한 후에 또 5kg이 늘었다. 피우던 담배를 두 번 끊었더니 10kg이 훌쩍 늘어나 몸무게가 80kg이 넘는 뚱보가 되었다.

배는 앞으로 볼록 튀어나오고 허리는 불어나 앞으로 구부리기조차 힘들었다. 무릎에 통증이 찾아왔다. 병원에서는 퇴행성관절염이라고 진단했다. 무릎 퇴행성이라는 뜻은 무릎을 많이 사용하거나 노화되어 무릎관절 연골 기능이 약화되었다는 뜻이다.

나는 이해할 수가 없었다. 몸을 많이 사용하는 운동선수도 아니고 또 나이가 든 것도 아니었는데 무릎이 항상 아파서 의아하게 생각했다. 몸무게가 원인인 것을 안 것은 퇴직 후였다.

나름 대책이 필요했다. 운동을 해야 되겠다는 생각에 골프에 입문하고 주말이면 가능하면 등산 가는 것을 습관화했다. 그러나 등산할 때도 무릎 통증은 계속되었고 일상생활에는 다리를 절룩거리기 일쑤였다. 심지어는 양쪽 무릎이 바깥으로 휘는 "O"자형 다리 증상도 보였다. 관절 연골이 퇴행성으로 약화되어 통증이 계속되지 않을까 두려움마저 생겼다.

허벅지 근육이 약하면 무릎이 아프게 되고 무릎이 아프면 움직이기가 어려워 근육이 더욱 악화되는 악순환이 반복되어 통증이 지속될 수 있다는 사실도 알았다. 적절한 운동을 계속하고 근력이 붙으면 통증이 완화될 수 있다는 희망을 갖게 되었다. 운동을 계속해서 선순환으로 생활습관을 고쳐나가는 것이 해답일 거란 생각에 이르게 되었다.

허벅지 근력 강화 운동이 관절염 증상을 호전시키는 데 도움이 되며 체중관리와 병행해서 관절염 증상을 완화시킬 수 있다는 사실도 알았다. 근력 강화를 위해 실천에 들어가기로 결심하고 즉시 헬스장에 등록해 상하체 강화 운동을 시작했다. 헬스장 트레이너의 도움을 받았다. 그러던 중 가깝게 지내는 친구 가재산 회장에게서 연락이 왔다. 금오도金鰲島 트레킹Treking을 제안했다.

트레킹이 붐이 한창 시작될 무렵이었다. 지방자치제가 시작되면서 전국의 도시, 하천변이나 산에 등산로, 트래킹 코스가 대한민국 곳곳에 개발되어 걷기와 트레킹이 전국적으로 확산되던 때였다. 트레킹이란 전문적인 등산 기술이나 지식 없이도 산과 들을 따라 떠나는 자연 답사 여행이다. 등산과 같이 정상을 오르는 것이 목적이 아닌 산과 들의 풍광을 즐기는 여행의 한 형태이다.

"금오도가 어디에 있지?"

돌산 항일암이 있는 금오산 정상에서 남쪽 바다를 바라봤을 때 보이는 30개 섬의 금오열도 중 제일 큰 섬이 금오도이다. 금오도 비렁길 트레킹을 위해 돌산 남쪽 끝에 있는 신기항을 향해 갔다. 평사마을을 지나며 나의 고향 집이 보였다.

국가에서 일반인들의 출입과 벌채를 금지하여 아껴 두었던 땅이며 파란 바다 풍경에 빠지는 곳이 있다니 나의 마음도 약간 부풀었다. 돌산도 밑으로는 가본 적이 없었기 때문이다.

'비렁'은 순우리말인 '벼랑'의 여수지방 사투리라고 한다. 해안절벽을 따라 땔감을 구하고 낚시를 하기 위해 다니던 길을 트레킹 코스로 단장했다고 한다.

해안단구는 남해안에서는 보기 드물다. 해안단구를 따라 조성된 천길 낭떠러지 벼랑길은 어디에서도 볼 수 없는 눈이 시리도록 푸른 에메랄드 빛 바다는 무료한 삶을 재충전하는 활력소가 되었다.

금오도 서쪽의 함구미에서 5개 코스는 18㎞로 9시간이 소요된다. 1박 2일을 걸어야 마칠 수 있었다. 눈이 시린 파란 바다를 마음껏 보며 힐링하는 한국에서 첫손가락에 뽑히는 명품 트래킹 코스이다.

금오도같이 아름다운 코스를 걸었다는 게 행복했다. 제주도 둘레길도 좋지만 금오도 코스는 그야말로 압권이다. 특히 3코스 (직포-학동 3.5Km) 구간의 깎아지른 듯한 절벽의 기암괴석은 나를 뿅 가게 만들었다. 파란 바다를 보며 절벽 위에 서면 고소공포증을 느낄 만큼 아찔했다. 동백꽃이 핀 동백나무의 터널은 지친 마음을 치유해 주었다.

그때 멋진 추억들과 함께 느낀 강렬한 인상으로 인해 가재산 친구와 나는 '2060트레킹 클럽'을 만들었다. 2060은 60대도 20년 더 활동하고 젊은 20대도 60년 일할 수 있는 준비를 미리미리 해야 한다는 뜻이다. 나이가 들어도 이른바 액티브 시니어로 살아가자는 의미다. 지금은 '3060트레킹 클럽'으로 이름이 변경되었다. 100세 시대에는 60에 퇴직하더라도 90까지 30년을 더 활동해야 하기 때문이다. 그사이 빠른 고령화의 진전으로 10년이 늘어난 셈이다.

매주 걷기를 트레킹을 다녔다. 주말마다 서울 근교를 걷고 한 달에 1회씩 여행사의 국내 유명 트레킹 코스를 100회 이상 다녔다. 상하반기 1회씩 해외여행도 했다. 신들의 정원 캄보디아의 앙코르와트 사원, 베트남의 사파다랭이길, 일본의 오 헨리 순례길도 다녀왔다.

특히 2018년 봄에 다녀온 몽골 여행은 기억에 오랫동안 남아 있다. 넓은 초원의 야생화는 비가 내린 후 급히 핀다고 했다. 비 온 직후 야생화가 지천이었다. 밤하늘의 수많은 별을 보며 몽골 이동식 천막 게르에서 숙박한 하룻밤은 잊지 못할 추억이다.

그 후 나의 트레킹은 집 근처 하천변 매일 걷기로 생활화했다. 하루도 빠지면 안 되는 일과로 변했다. 걷기와 트레킹 덕에 오랫동안 아팠던 무릎 통증은 소리 없이 사라졌다.

32

중국 동북3성 여행기

직접 눈으로 본 일도 오히려 참인지 아닌지 염려스러운데
더구나 등뒤에서 남이 말하는 것이야
어찌 이것을 깊이 믿을 수 있으랴?
-명심보감-

해외여행을 가는 이유는 그 나라의 풍경이나 문화유적을 보기 위함이다. 중국 동북3성(랴오닝성, 지린성, 헤이룽장성)은 고조선과 고구려가 말 달리던 우리 한민족의 시원의 땅이다.

우리 일행은 만주와 백두산을 보기 위해 새벽 4시 기상해 오전 8시경 중국 요녕성 선양[심양]에 도착했다. 누르하치[청태조]가 세운 후금의 두 번째 수도였다. 후금은 부국강병의 나라였다. 변방의 소수민족인 여진족이 어떻게 중원의 한민족을 다스리게 되었을까?

명나라는 비단과 도자기를 유럽에 수출하고 무역 대금으로 은화[銀貨]를 받았다. 남미의 스페인 식민지에서 생산한 은이 중국으로 너무 많이 흘러 들어가 유럽인들은 중국을 유럽 돈의 무덤이라고 불렀다.

당시 명나라는 도자기 무역으로 유럽에서 짭짤한 수입을 올리

고 있었다. 대항해 시대가 열리면서 인도 동남아의 향신료 무역과 더불어 중국의 도자기, 비단 등 이국적인 문화가 흘러 들어가자 유럽은 동양 문물의 매력에 빠져들었다.

수출대금으로 받은 은은 만주와 무역대금의 결제를 통해 누르하치에게 흘러 들어갔다고 한다. 당시에 명나라는 여진족에게 명나라와 교역할 수 있는 면허를 수천 개 부여하고 통치의 수단으로 이용했다고 한다.

명나라의 수입품의 대부분은 인삼이었다. 청태조 누르하치는 명나라가 여진족에게 배부한 면허를 전쟁을 통해 모두 독차지해 여진과 명나라의 무역을 독점하게 되었다고 한다. 무역대금으로 받은 많은 은은 부국의 기반이 되었고, 강군인 팔기군을 만들어 명을 멸망시키고 청나라를 창업하는 데 결정적인 기여를 하게 된다.

만리장성 밖의 여진족, 몽골족, 한족, 조선족 등 부족을 다민족국가인 만주족으로 통합하고 이들 부족들은 군사 조직인 팔기八旗군을 만들어 명나라 정복의 중심이 되었다.

누르하치(奴爾哈赤, 1559~1626)는 일당백의 군대로 중국 대륙을 점령한 이민족의 왕이다. 청靑 제국의 기초를 닦은 누르하치는 동아시아 역사의 물줄기를 바꾸어 놓고 오늘날 중국이 광대한 영토를 갖도록 만든 난세의 영웅이었다.

만주에서 여진족 족장의 아들로 태어난 그는 명나라의 군대에게 할아버지와 아버지를 잃었다. 당장 원수를 갚고 싶었으나 그에게 남겨진 것은 갑옷 13벌뿐이었다. 산에서 잣이나 인삼을 캐서 명나라 상인에게 팔아 생계를 유지하던 그는 25세 때 13벌의 갑옷으로 병사를 일으켰다.

그때부터 누르하치는 전쟁마다 무패행진을 거듭하며 만주 벌판에 흩어진 여진족을 통일했다. 누르하치라는 이름은 여진어로 '멧돼지 가죽'이라는 뜻이다. 그는 멧돼지 같은 힘과 용맹을 지녀 전쟁터에서 비범한 책략과 놀라운 투혼을 발휘해서 승리를 거머쥐곤 했다. 누르하치가 대군을 이끌고 만리장성을 넘자 13벌의 갑옷으로 원수를 갚은 누르하치의 전설이 탄생했다.

누르하치를 불세출의 영웅으로 만든 것은 팔기군이라는 기병대 조직이었다. 팔기군은 깃발마다 색깔이 다른 8깃발의 조직으로 이루어져 있는데 공포의 기병대, 팔기군의 전설로 유명하다. 1611년, 누르하치는 황黃, 백白, 홍紅, 남藍 네 가지 색의 깃발로 군대를 구분하고, 각 군대마다 고유색의 천에 용을 그려 넣어 자체 군대를 상징하는 기로 사용했다. 누르하치는 여진족을 통일하고 4기군을 8기군으로 재편성하고 만주 벌판을 종횡으로 누비며 싸움마다 승리를 거둔 끝에 중국 대륙을 넘보기 시작한다.

팔기군은 일종의 군사 세습직으로 평시에는 생업에 종사하다 유사시에는 군대가 되는 조직이었다. 만주팔기는 만주족만 될 수 있었고 전투 집단인 동시에 국가에서 모든 복지를 제공해 주는 특권 계급으로 스파르타의 군사 귀족과 비교되기도 한다.

1616년, 누르하치는 칸의 지위에 올라 '후금(後金: 청나라)'을 세웠다. 막강한 군사력을 바탕으로 명나라와 정면 대결을 선언한 누르하치는 같은 유목민족인 몽골족을 끌어들여 몽고팔기를 창설하며 명나라 정복에 동업자로 참여시킨다. 이미 중국 대륙을 점령 통치한 바 있는 몽골족은 손발이 척척 맞는 파트너였다. 누르하치는 몽골 귀족 가문과 적극적인 혼인 관계를 맺으면서 두 종족 간의 동맹관계를 한층 공고히 다졌다. 누르하치와 그의 아들들은 모두 6명의 몽골 여인들과 결혼했다.

1618년 누르하치는 "일곱 가지 큰 원한"七大恨이라는 격문을 발표하고 명나라에 선전포고를 했다. 이 문서에는 할아버지와 아버지가 명나라 군대에 죽은 것 등이 적혀 있다. 피로 맺어진 만주팔기와 몽고팔기는 공포의 기병대, 팔기군의 전설로 불리면서 중국 한인들을 불안에 떨게 했다. 누르하치는 전쟁 중 입은 부상으로 사망하고 그의 아들 홍타이지가 마침내 만리장성을 넘어 진격해서 명나라 군대를 일거에 격파하고 산하이관만 제외하고 중국 대륙을 거의 점령했다.

우리가 선양에서 처음 방문한 북릉공원은 명나라를 완전히 정복하지 못하고 뇌출혈로 사망한 청나라후금 2대 태종 홍타이지의 무덤이다. 산하이관을 넘어 중원의 점령은 그의 이복동생인 도르곤(누르하치의 14번째 아들)의 팔기군이 정복하고 3대 순치제가 베이징에 입성 청나라가 성립되었다.

누르하치가 기틀을 마련한 청나라는 268년간 지속되었으며, 현재 중국의 틀을 형성했다. 한족의 1/350에 불과했던 만주족이 어떻게 중국을 그토록 오래 통치할 수 있었던가 하는 문제는 많은 역사가들의 연구의 대상이 되었다. 유럽에서는 중국의 위인들 중 가장 주목하는 인물이 칭기즈칸과 누르하치라고 한다.

다음날 길림성 집안현에 있는 광개토대왕비와 장군총을 둘러보았다. 광개토대왕은 고구려를 부강하게 만든 대단한 왕이다. 한민족의 기상을 대표하는 위대한 왕이다. 건물을 지어 비석을 보호하고 있었다.

광개토대왕비는 한국에서 가장 큰 비석으로 6.39m다. A.D. 414년 장수왕이 아버지 광개토대왕의 업적을 기리기 위해 건립된 4면 돌기둥 형태의 비석이다. 아파트 3층 높이만한 광개토대왕비의 거대함을 올려다보며 놀라움을 금할 수 없었다.

일반적인 비석의 형태는 망자의 일생과 공적을 기록해 판석 앞뒤에 내용을 기록하는 2면 비석이나 광개토대왕비는 4면에 내용을 기록한 4면 비석 형태다. 광개토대왕비 사면에는 모두 글자가 새겨져 있었고 글자 크기도 반듯하고 일정한 크기와 간격을 유지하며 촘촘히 박혀 있었다. 돌의 표면이 거칠었지만 글자들은 1500년 풍상에도 불구하고 반듯하게 제자리를 잡고 있었다.

광개토대왕비의 중요한 내용은 광개토대왕의 업적, 고구려의 건국 신화를 기록했다. 또 백제 및 동해안을 정복, 정복지 지역민을 고구려 백성으로 포용한 우리 민족을 하나로 포괄했던 첫 번째 시도라고 역사학자들은 평가한다. 이 광개토대왕비는 삼국사기보다 730년이나 전에 고구려인들의 손에 의해 직접 기록된 우리 고대사 연구의 가장 중요한 자료이다.

중국은 동북공정을 통해 고구려사를 중국사로 바꾸려는 시도로 고구려 유적을 중국의 세계문화유산으로 등재하고 광개토대왕비를 중국 소수민족의 대표 유적으로 소개하고 있다.

고구려 제2수도 국내성에 건립된 광개토대왕비는 고구려 붕괴 이후 발해, 거란, 금나라 영토가 된 지역으로 조선의 사신들은 금나라 유적지로 오인하여 알지 못했다고 한다. 17세기 동북지방의 봉금제의 해제로 인해 알려지게 되었다.

일본이 1830년대 이후 만주 지역 개척하던 중 광개토대왕비가 탁본으로 알려졌다. 탁본에 훼손된 글자의 해석을 조선 식민지화의 근거로 제시된 신묘년(임나일본부설: 일본이 바다를 건너와 백제를 신민으로 삼았다) 조의 해석을 탁본으로 활용하려 했으나 한국사학계는 이를 인정하지 않고 오히려 고구려가 바다를 건너가 백제와 임나가라를 신민으로 삼았다고 정반대로 해석한다. 이에 대한 논란은 아직도 진행 중이다.

요즘 들어서 중국인 학자는 물론 일본인 학자들조차도 비문 조작을 인정하고 있다. 놀라운 것은 일제강점기 말에 이 비를 일본인들이 일본으로 실어 가려고 압록강에 배를 대고 난리를 친 적도 있었다고 한다. 하마터면 광개토대왕비는 지금 일본에 가 있을 뻔했다. 그나마 만주 땅에 광개토대왕비가 남아 있다는 것이 다행이라고 가슴을 쓸어내리지 않을 수 없었다.

광개토대왕비 주변에 흙으로 쌓인 대단한 규모의 무덤도 있었다. 이 무덤은 누구의 무덤인지 알 수 없어서 원래 장군총이라고 불리던 것인데 요즘 학자들이 광개토대왕의 아들인 장수왕릉으로 고증을 해서 장수왕릉으로 고쳐 부른다고 했다. 이 장수왕릉은 하늘을 향해 우뚝 솟아 있는 웅대한 모습이 피라미드처럼 보여서 중국학자들은 이 무덤을 동방의 피라미드라고 부른다고 했다. 이런 유물들이 제대로 알려지지 않고 오랜 세월을 묻혀서 지내 오다가 이제는 외국인들의 관리를 받고 있다는 것이 민족의 한을 낳는 것일 수도 있겠다는 생각이 들었다. 장수왕릉 주변 산하가 우리나라와 너무 흡사했다. 한민족의 말발굽 소리가 귓전에서 맴도는 듯했다.

다음 날은 백두산 천지를 보려 일찍이 출발했다.

백두산은 함경남북도와 중국 길림성에 걸쳐있는 우리나라에서 최고로 높은 산으로 높이가 2,744m에 달한다. 명칭은 백두산 정상은 사계절 동안 백설로 보여 백두산이라고 했다고 한다. 백두산은 산세가 장엄하고 자원이 풍부하여 일찍이 한민족의 발상지로 또 개국의 터전으로 숭배되어 왔던 민족의 영산으로 누구나 한 번쯤은 가 보고 싶어 하는 곳이다.

백두산은 4곳(동파, 서파, 남파, 북파)으로 정상에 있는 천지를 올라간다. 정상에 대단히 큰 천지라는 호수를 보는 것이 백두산 관광의 백미이다. 서파, 북파, 남파 등정 길은 중국에서 올라가는 코스며 동파는 북한 땅에서 올라가는 코스다.

우리는 서파로 첫날 등정을 시작했다. 백두산을 오른다는 설렘보다는 조국의 영산을 오른다는 엄숙함과 팽팽한 긴장감이 앞을 가렸다.

백두산은 한반도에서 가장 추운 곳이다.

1997년 1월 2일에 영하 51도가 관측되었고 한반도에서 유일하게 한대기후의 툰드라와 같은 기온을 보이는 지역이다. 9월부터 6월 상순까지 겨울이고 6월 중하순부터 9월 초중순까지 3개월만 봄, 가을이라고 한다. 우리는 6월 중순에 때를 맞추어 천지를 보려고 등정했으나 비가 계속 내렸다. 천지는 하루에도 수십 차례 기상이 급변하고 구름과 안개로 가려져 천지를 좀처럼 보기 어렵다고 한다. 우리는 설레는 마음으로 비를 맞으며 등정을 시작했다.

중간까지 버스로 이동하고 1,400여 계단을 올라 천지에 도착했으나 거기는 안개 천지였다. 바람이 불지 않는 것이 다행이었다. 안개 낀 천지만 보다가 하산 후 금강대협곡을 아쉬운 마음으로 관광했다.

다음 날 아침, 백두산(중국명: 장백산) 북파 쪽으로 재도전하게 되었다. 소형 버스로 전망대까지 올라가서 백두산 주봉 중 하나인 천문봉 주변에서 우리는 기다렸다. 웬일인가? 소형 버스로 이동 시에 하늘이 활짝 열려 기대감이 충만했으나 천지는 쉽게 얼굴을 보여 주지 않았다. 1시간 넘게 기다렸다. 10시 35분경 신비로운 천지가 모습을 드러냈다.

우리는 환호했다. 우리뿐 아니다. 모여 있는 수많은 관광객들도 탄성했다. 백 번 와서 두 번만 볼 수 있다는 천지를 우리는 두 번 만에 보게 된 것이다. 여인의 치맛자락처럼 봉우리들이 천지를 에워싸고 있었다. 파란물 천지가 보일 때 왠지 가슴이 울컥해졌다. 사람들은 함성을 질렀다. 또 보았다고 감탄했다.

천지는 그림이나 사진에서 많이 보아왔지만 바로 발아래에서 푸르게 빛내고 있는 깊은 수심을 보니 감회가 새로웠다. 백두산과 천지가 우리 민족을 상징하는 그 의미만큼 높고 깊고 맑고 푸르다는 것을 직접 눈으로 보고서 나는 천지의 모습이 정녕 그 이름값을 한다고 새삼 깨달았다.

천지 물 위를 사르르 흘러 없어져 가는 구름 사이로 비치는 천지의 속살은 웅장함 그 자체였다. 세뇌된 감상인지 모르겠으나 한 민족의 성산으로 숭배하는 이유는 무엇일까? 너무나 높은 곳에 물이 마르지 않고 있어서일까? 나가는 물은 있어도 들어오는 물은 없다니 신기하지 않는가?

백두산 하산 후 3시간을 달려 독립투사의 고장인 용정으로 향했다. 일송정 해란강을 지나치며 선구자의 노래가 읊조려졌다. 윤동주 시인의 생가가 있는 명동촌을 방문했다.

평소 좋아하던 윤동주 시 중에 이런 시가 있다.

참회록

-윤동주

파란 녹이 낀 구리 거울 속에
내 얼굴이 남아 있는 것은
어느 왕조의 유물이기에
이다지도 욕될까.

나는 나의 참회의 글을 한 줄에 줄이자.

— 만 이십사 년 일 개월을
무슨 기쁨을 바라 살아왔던가.

내일이나 모레나 그 어느 즐거운 날에
나는 또 한 줄의 참회록을 써야 한다.
— 그때 그 젊은 나이에
왜 그런 부끄런 고백을 했던가.

밤이면 밤마다 나의 거울을
손바닥으로 발바닥으로 닦아 보자.

그러면 어느 운석 밑으로 홀로 걸어가는
슬픈 사람의 뒷모양이
거울 속에 나타나 온다.

짧은 생인 28세(1917-1945)에 타계한 젊은 시인이 마치 한 평생을 산 사람처럼 삶의 모습을 이렇게 절절하게 그렸을까 하는 생각에 내 마음이 울컥했다. 도대체 24살에 참회록을 쓰다니! 그는 자신의 요절을 예상하기라도 한 것일까? 아마 기도하는 듯한 참회적 고백은 그의 희망이었을 것이다. 그런데 그것은 또 나의 희망이기도 하다.

일제강점기에 윤동주는 독립투쟁의 일선에서 산화한 투사도 아니었고, 당대에 널리 알려진 시인도 아니었다. 공부도 시도 생활이 되어야 한다며 자신의 시와 삶을 일치시키며 독립투사 못지 않게 치열하게 짧은 생을 살았다.

모든 풍파 속에서도 독립한 나라를 희망하는 마음으로 죽음의 나락에 빠진 민족을 사랑했고 자신한테 주어진 길을 걸어가면서 한 몸을 민족의 제물로 바쳤다.

1917년에 태어나 1945년 사망했다.

윤동주는 중학교 시절부터 시를 썼고 연희전문 문과를 졸업한 뒤 1942년 일본 동지사 대학영문과에 다니다 1943년 귀향 직전 항일운동 혐의로 일경에 검거되어 2년형을 선고 받고 광복을 앞두고 28세의 나이로 형무소에서 생을 마친다.

광복 후 『하늘과 바람과 별과 시』라는 제목으로 간행된 시집에 '별 헤는 밤'과 '서시'는 한국인들이 사랑하는 대표적인 시가 되었다.

윤동주의 생가는 길림성 엔변 조선족 자치주 용정 명동촌에 있다. 1994년 연변대학의 주선으로 윤동주가 유년기에 공부하던 방, 방학 때 쓰던 방 등이 복원되었다고 한다. 남향의 기와집 열 칸과 서향의 사랑채의 집이 잘 꾸며져 있었다. 중국 정부가 소수 민족인 역사를 자기들의 역사라고 주장하기 위해 애를 쓰는 모습으로 비쳐져 씁쓸한 생각을 지울 수 없었다.

얼마 전, 나는 TV 방송을 보다 깜짝 놀랐다. 요즘 103세 철학자로 노익장을 과시하며 명성을 날리는 김형석(1920~) 박사가 중학 시절 윤동주 시인과 같은 반에서 공부를 했다고 했다.

두 사람은 평양에 있던 숭실중학교에서 공부를 했는데 김 박사는 시를 쓰는 "동주 형이 몹시 부러웠다. 동주 형은 중학교 들어올 때부터 '나는 시인이 된다'고 했다고 회고했다. 그는 또 중학교 때부터 시인의 꿈을 키운 윤동주가 "미안하지만 공부는 나보다 못했을 것"이라고 농담했다.

인생은 짧은 것이라 여겨지지만, 윤동주 시인처럼 짧은 생을 보냈으나 길이 남는 시로 살아가는 이도 있고, 100년이 넘는 삶을 살면서 선한 영향력을 끼치는 김형석 박사 같은 이도 있는 것이 세상의 깊이이고 넓이라는 생각을 해 본다.

33

세상에 하나뿐인 아들과 딸, 손주들에게 쓰는 편지

젊은이들은 밤중에 태어나서
이튿날 아침 해돋이를 처음 보는 갓난애들 같기 때문에,
어제란 으레 없었던 것처럼 생각하기 쉽다.
- 서머셋 모옴

아들, 딸에게 쓰는 편지

너희의 출산 소식에 아빠는 만세를 불렀다. 아쉽게도 아빠는 근무 중이라 너희들의 첫울음 소리를 직접 듣지는 못했다. 그렇지만 세상을 다 얻은 듯 기뻤고 주변 사람들이 많이 축하해 주었다.

아빠가 직장 일로 바쁘다는 핑계로 너희들을 잘 돌보지 못해 늘 미안했고 지금도 아쉬운 마음이 가득하다. 그래도 엄마 덕에 너희들이 훌륭한 사회인으로 성장하고 무엇보다도 건강한 몸과 가정을 꾸려나감에 늘 고맙게 생각한다.

누구나 사람은 가정과 사회라는 조직과 틀 안에서 살아간다. 그 관계 속에서 수많은 사람을 만나며 인생을 살아간다. 그중에서도 가장 소중한 것은 가족이라고 생각한다. 어느새 신호는 결혼해 규민이

정민이 두 아이의 아빠가 되었구나. 자랑스럽다. 너도 부모가 되었으니 알겠지만, 부모는 죽을 때까지 자식 걱정이란다. 너희들이 훌륭하게 세상을 살았으면 하는 마음이 부모의 마음이겠거니 하고 이해해 주기 바란다.

세상에는 변하지 않는 가치가 있단다. 그것은 바로 솔선수범이지. 어려운 일일수록 내가 먼저 해야 한다. 직장에서도 해야 할 일과 좋아하는 일이 있다지만, 해야 할 일을 솔선해서 열정적으로 하다 보면 그 일이 좋아지게 된다. 억지로 하는 게 아니라 그 일을 좋아하다 보면 어느새 그 일의 주인이 되기 마련이다. 그런 사람이 직장에서 능력자로 인정받고 성장 또한 덤으로 따라온다.

또한 삶에는 목적이 뚜렷해야 하고 그것을 성취하려는 목표도 명확해야 한다. 삶에는 해답이 없고 늘 선택을 해나가는 여정이다. 목적과 목표가 있어야 선택이 쉬워진다. 너희들 스스로 선택해서 자신을 만들어 나가야 한다. 평범하게 사는 듯한 삶도 목적이 뚜렷하지 않으면 흔들리기 쉽다.

자신의 마음을 안다는 것은 매우 어려운 일이다. 나만의 이기심에 휩싸여 부초처럼 흔들린다면 자신의 뜻을 세울 수가 없단다. 항시 주위를 돌아보며 남을 배려할 줄 알고 나보다 약한 사람을 도와주는 이타심이 필요하다. 사회생활을 할 때 이점을 늘 명심하고 잘나갈 때일수록 조심해야 함을 잊지 말기 바란다.

아빠는 아들과 딸이 이끌 세상을 생각하면 가슴이 설렌다. 쿵쿵 심장이 뛰는 소리에 나도 새로운 꿈을 꾸며 도전해야겠다는 강한 충동과 에너지가 발동한다. 지금이야말로 너희들이 인생의 긴 여정을 살아가는 데 있어 매우 중요한 시기라고 생각한다. 이 시기에 가치관이 정립되고 중심을 잡고 나간다면 앞으로 생애에 순풍을 만날 것이다.

인생의 삶은 늘 도전의 반복이란다. 때로는 성취의 기쁨도 있지만 넘어질 때도 있다. 그때마다 보람, 기쁨을 느끼겠지만 실패의 쓴잔도 마실 수 있단다. 중요한 것은 실패하거나 넘어졌을 때 좌절하거나 포기하는 게 아니라 다시 도전하는 용기가 절실하다. 말하자면 회복탄력성이다. 그것은 아빠가 살아오며 터득한 삶의 한 방편이기도 하다.

아들아, 딸아, 알겠지?

이 세상 모든 부모는 아들, 딸이 어른이 되어도 걱정이 앞서고 잘되라고 기도하고 염원한다. 자랑스런 우리 아들, 딸이 세상에서 인정받으며 살아가는 모습을 보고 싶다. 아들, 딸아 자신 있지? 오늘부터 두 주먹을 불끈 쥐고 새롭게 출발하자. 자! 가자.

아빠가 집안의 장남으로 가문을 이끌었듯이 이제 네가 집안의 기둥이 되어 주려무나. 그 무엇보다 우리 집안이 화목할 수 있도록 노력해주기 바란다. 게다가 각박한 세상이지만 상대방을 배려하고 예의 바른 모습으로 사회생활을 한다면 성공적인 삶을 살 수 있으리라 믿는다. 아빠의 평소 생각을 너희에게 얘기해 주고 싶었다. 아들, 딸아 지금처럼 건강한 모습으로 오래오래 행복하길 바란다.

2022년 설날 아침, 아빠가 쓰다

▲스케이트 타는 손자들

손주들에게 쓰는 편지

너희들이 세상에 태어난 지도 수년이 흘렀구나. 엄마가 너희들을 임신했을 때 규민이의 태교는 생텍쥐페리의 동화 『어린 왕자』를 필사하는 것이었다. 엄마가 임신을 하면 보고, 듣고, 느끼는 모든 것이 아기에게 고스란히 전달된다고 한다. 필사란 태교의 한 방법으로 좋은 책의 내용을 그대로 베껴 쓰는 것인데 엄마는 아기를 품은 열 달 동안 필사를 통해 마음을 안정시키고, 아기에게도 그 내용을 전달해서 아기의 뇌를 자극하고 지적 능력과 정서 발달에도 도움이 된다 믿고 실천했다.

정민이의 태교는 엄마가 그림과 뜨개질을 하는 것이었다.

할아버지는 『어린 왕자』 중 "내 비밀은 이런 거야. 매우 간단한 거지. 오로지 마음으로 보아야만 정확하게 볼 수 있어.... 가장 중요한 것은 눈에 보이지 않는 법이야."라는 대사를 좋아한단다.

규민아, 정민아.

너희들도 살아가면서 눈에 보이지 않는 것을 소중히 하는 마음의 눈을 가진 사람이 되거라.

너희가 세상에 나온 후 너무나 귀엽고 예뻐서 할아버지와 할머니는 늘 자랑스럽게 얘기한단다. 규민이와 정민이가 세발자전거 타기를 유난히 좋아했다. 규민이는 모든 운동을 좋아했다. 엄마 아빠와 스케이트장에 갔다가 스케이트에 푹 빠져 선수가 되겠다고 매일 훈련하는 걸 보면 대견하구나. 정민이는 독서 능력이 뛰어나고 또래 친구 중 리더라니 놀랍구나.

할아버지는 손주들이 앞으로도 지금처럼 건강하고 활기차게 자랐으면 좋겠다.

규민아, 정민아.

어른이 되었을 때 나는 이런 사람이 되어야겠다는 큰 꿈을 가져라. 너희들이 살아갈 세상은 파란 하늘처럼 맑고 희망찬 곳만은 아니란다. 지나가는 길에 뾰족한 돌멩이가 있으면 불편하고 힘든 것처럼 많은 난관과 고통이 함께 있는 곳이란다. 할아버지와 할머니도 수많은 난관을 헤치고 살아왔단다. 또 자신이 재미있게 하고 싶은 일을 하여라.

내가 좋아하는 일을 하면 너의 능력과 지능을 자극하여 능력은 더 커지고 머리는 더 영리한 사람이 되는 거란다. 규민이는 스케이트 운동이 재미있으면 더욱 열심히 하기 바란다. 정민이는 새로운 것에 도전하면서 두려움도 생기겠지만 도전이 성공하면 재미가 더욱 늘어 다가올 너의 날이 특별한 날로 채워질 것이다.

사랑하는 손주들아! 자기 자신을 귀한 사람으로 만드는 것은 친구도 엄마 아빠도 아니다. 바로 나 자신이다라는 사실을 새겨 두기 바란다. 너희들의 인생은 행복으로 가득 찰 것이라고 할아버지는 믿는다.

사랑하는 손주들에게!

2022년 설날 아침, 할아버지가 쓰다

34

멈춰서 보니 비로소 보이는 것들

현대인들은 지혜와 신념,
그리고 자기의 신념에 따라 행동하는
용기를 가진 인간을 동경한다.
- 에리히 프롬 『소유냐 존재냐』

인디언들은 말타기를 유독 좋아한다. 말을 타고 달리다 가끔씩 말을 세우고 뒤를 돌아보는 습관이 있다고 한다. 행여 영혼이 몸을 쫓아오지 못할까 봐 영혼이 쫓아올 수 있도록 말을 세우고 서서 기다린다.

지금까지 앞만 보고 달려왔으니 나도 뒤를 한 번쯤 되돌아 봐야할 때가 되었다.

높은 산을 오를 때나, 강변을 앞만 보고 달릴 때, 보이지 않았던 것들도 잠시 멈춰 서서 보면 보이는 게 전혀 다르다.

"내려갈 때 보았네/ 올라갈 때 보지 못한/ 그 꽃"이란 유명한 시도 있지 않은가.

오랫동안 지속된 코로나로 인해 세상의 모든 것들이 잠시 멈춰섰다. 나도 코로나 확진으로 힘든 고통을 겪기도 했다. 힘든 가운

데서도 잠깐의 외출, 가족과의 만남, 절친한 사람들과의 악수, 지하철 탑승, 친구들과의 만남의 소중함을 깨닫는 기회가 되었으니 모두 잃어버린 것만도 아니었다. 멈춰서니 비로소 보이는 것도 다시금 방향을 정립할 수 있는 여유와 새로움을 창출해내는 데 중요한 삶의 기회가 되기도 한다.

퇴직을 하고 나서야 모태신앙에 가까웠던 나의 신앙생활도 반추해 보았다. 교회에 나가지 않으면 죽는 줄로만 알았던 순박한 시절도 있었고, 기도할 때마다 다른 사람들에게 도움을 주며 살게 해 달라고 하나님께 간곡하게 빌었던 시절도 있었다.

요즘 들어 나를 되돌아보며 살라는 신의 메시지가 엄습해오는 강한 느낌은 무슨 이유일까. 그동안 믿음생활에서 벗어나 세상살이를 하고 있는 게 아니냐는 심적 경고장인지 모른다.

그렇다면 지금의 나는 과연 누구일까?

나는 앞으로 무엇을 하며 살아야 하나?

또한 무엇을 남기고 떠날 것인가?

이 나이들도록 내가 왜 이 땅에 태어났는지는 여전히 알 수 없는 수수께끼다. 하지만 나는 지금도 어떻게 생각하고 행동하느냐에 따라 자기 자신의 운명을 개척해 나갈 수 있다고 믿는다. 또한 조금이라도 더 나은 세상에 일조하려는 소명이 남은 삶에 있다고 생각한다.

100세 시대가 다가왔다. 이제는 인생 2모작이 아니라 3모작의 시대다. 30년간은 부모의 보살핌과 사랑으로 성장하여 학교와 군대에서 여러 배움으로 살아왔다. 그후 30여 년간 '현대'라는 큰

울타리 안에서 많은 사람들의 지원과 도움으로 나름 성공을 거두었고 비교적 행복한 가정을 꾸리고 무난한 삶을 살아왔다. 이 모든 것은 힘들고 어려울 때마다 오뚝이처럼 일어서도록 용기를 준 많은 분들 덕분이다.

인생 3막은 누구의 도움 없이 스스로의 삶을 개척해 나가야만 한다. 오늘날은 옛날처럼 자식들에게 기댈 수도 없다. 장수시대에 인생 3막은 60살부터 시작된다니 나는 이제 겨우 열 세 살배기 청소년이다. 눈망울이 초롱초롱한 청춘이다. 호기심이 많은 사춘기를 맞았으니 쿵쿵 뛰는 심장으로 다시 한 번 도전하고 무언가 의미 있는 삶을 열어가야만 한다.

많은 사람들이 죽기 전에 이루고 싶은 간절한 소망을 담은 버킷리스트를 작성한다. 해외여행하기, 자격증 10개 이상 따기, 봉사활동하기 등등 작게는 10개에서 많게는 100개가 넘는 리스트를 작성하고 그 일에 매달린다. 나의 버킷리스트는 제 3막의 삶에 가장 소중한 행복을 찾아 나서는 일이다.

첫째, 가족을 비롯한 주변 사람들을 배려하며 더 사랑하자.

둘째, 세상을 위해 '가슴 뛰는 일'이 있다면 그 일을 찾아서 적극 나서자.

셋째, 마음은 행복이 머무는 곳이다. 작은 일에 늘 감사하고 행복하자.

가족을 사랑하고 내 건강을 챙기는 일이야말로 누구나 하는 일이겠으나 그 외의 주위사람들에게 시선을 돌려 배려하고 사랑해야겠다. 더구나 그동안 마음속으로 미워하고 때로는 증오심까지 가졌던 사람들에게 손을 내밀며 이해하고 다가가는 용기도 이참에 내야겠다.

막상 '가슴 뛰는 일'을 찾는 일은 쉽지 않다. 나이 탓인지 새삼 새롭게 느껴지는 일도 없고, 새로운 감각으로 아이디어를 내기도 그렇다. 그렇지만 60년 나이를 반납한 13살 청소년의 설레임과 호기심을 작동한다면 얼마든지 찾아 나설 수 있다.

남을 돕는 봉사활동만큼 '가슴 뛰는 일'도 없다는 것이다. 얼마 전 '청소년 빛과 나눔 장학협회' 덕분에 미얀마를 다녀왔다. 우리의 가난했던 시절을 연상케 하는 그 나라 희망인 청소년들에게 장학금도 주고 사람들을 돕는 일에 조금이나마 기여하는 게 무척 뿌듯하다. 진심으로 가슴 뛰는 삶을 살고 즐거운 마음을 가지고 싶다면 이 땅에서 어렵게 살아가는 사람들을 돕는 일이 아닐까.

행복하지 못한 것은 세상 탓이 아니다. 스스로가 작은 일에 감사하고 행복해지기로 마음먹는 만큼 행복해지게 마련이다. 살아 있음에 감사하며 건강한 하루하루에 감사하자. 어려울 때 전화할 수 있는 친구가 있음에 감사하고, 하루 만 보를 걸으며 듣는 음악에 감사하고 마주해오는 아름다운 자연에도 감사하자. 이 모두가 작지만 소소한 행복 소확행小確幸이다. 행복 바이러스는 코로나보다 전염력이 강하다. 이러한 행복 바이러스가 우리 집안에는 물론 주위에 있는 사람들에게도 퍼져나가기를 염원한다.

이 책을 쓰는 내내 '작은 행복'을 경험했다. 에세이 한 편 써보지 못했던 내가 과연 책을 쓸 수 있을까? 나는 이 책을 쓰기 시작하면서 끝까지 마무리할 수 있을까 걱정을 많이 했다. 거듭된 회의懷疑에도 불구하고 한 장 한 장 써나가며 앞으로 나아가니 신기하게도 끝이 보였다.

어렵사리 시작한 책을 마무리하게 되어 감회가 새롭다. 이렇게 해낼 수 있었던 나 스스로가 대견하다. 이 책을 손에 들고 여기까지 읽어주신 당신께 감사의 말을 전하고 싶다. 또 다른 '가슴 뛰는 일'을 기다리며 언젠가 읽은 알베르 카뮈의 한 구절로 이 책을 갈무리하고 싶다.

우리들 생의 저녁에 이르면
우리는 이웃을 얼마나 사랑했는가를 두고 심판을 받을 것이다.
무엇이 우리의 삶을 증언해줄 것인가?
우리의 작품인가? 철학인가? 아니다.
오직 사랑만이 우리의 존재를 증명해줄 뿐이다.

멈춰서서 뒤돌아보니

초판 1쇄 인쇄 | 2022년 5월 18일
초판 1쇄 발행 | 2022년 5월 26일

지은이 | 이일장
펴낸이 | 김용길
펴낸곳 | 작가교실
출판등록 | 제 2018-000061호 (2018. 11. 17)

주소 | 서울시 동작구 양녕로 25라길 36, 103호
전화 | (02) 334-9107
팩스 | (02) 334-9108
이메일 | book365@hanmail.net
인쇄 | 하정문화사

ISBN 979-11-91838-08-4 03810

* 책값은 뒤표지에 표기되어 있습니다.
* 잘못 만들어진 책은 구입처에서 교환해 드립니다.
* 이 책은 kopub, 빙그레, 아리따 서체를 사용하였습니다.